Martina Borger
Maria Elisabeth Straub

Kleine Schwester

Erzählung

Diogenes

Umschlagillustration:
David Hockney, ›Nice‹ 1998 (Ausschnitt)

Auch wenn dieser Geschichte eine tatsächliche Begebenheit zugrunde liegt, so sind doch Personen und Ereignisse fiktiv; etwaige Übereinstimmungen wären rein zufällig.

www.diogenes.ch
70/02/8/1
ISBN 3 257 86084 6

I

Sie haben mich in einem schwarzen Auto hierher gebracht. Die Fahrt hat fast eine halbe Stunde gedauert, ich konnte auf die Autouhr sehen. Die ganze Zeit hat niemand mit mir gesprochen. Sie haben meinen Rucksack in ein Regal gestellt und mir gezeigt, wo das Klo für Frauen ist. Keiner hat mich richtig angesehen, sie haben an mir vorbeigeguckt und in die Luft geredet. Sie haben gesagt, ich soll mich hinsetzen und warten, gleich kommt jemand und kümmert sich um mich. Dann haben sie mich allein gelassen. Darüber bin ich froh, ich will niemanden sehen.

Wenn ich es mir vorgestellt hab, abends im Bett vorm Einschlafen, hab ich immer gedacht, es passiert in der Nacht. Ich hab die Autos kommen hören, nicht nur eins, sondern immer drei oder vier. Dann die Klingel. Schritte, die Tür, undeutliche Stimmen, auch die von Ela und Carl. Ela redet immer lauter, immer schneller, noch mal Schritte, das Öffnen der Tür zum Keller. Jetzt ist es vorbei, hab ich dann gedacht und bin eingeschlafen. Ich bin nie so weit gekommen, mir auch den Rest vorzustellen.

In Wirklichkeit war es ganz anders. Es war Mittag, ich bin von der Bushaltestelle gekommen. Im Kopf hab ich schon den Aufsatz angefangen, den Frau Zander uns aufgegeben hat, *Meine liebste Jahreszeit.* Ich hatte Angst gehabt vor diesem Tag in der Schule, ich hatte sogar überlegt, zum ersten Mal in meinem Leben zu schwänzen und mich irgendwo zu verstecken, in der Nähe der Schule sind Kleingärten und dahinter ein Wäldchen, aber ich war zu feige gewesen. Und dann war es auch gar nicht so schlimm, gleich in der ersten Stunde haben wir über unsere Klassenreise gesprochen, und Clara hat ein neues Handy gehabt mit vielen Spielen drauf, keiner hat sich um mich gekümmert, sie hatten die Party schon vergessen, Gott sei Dank.

An den Brief hab ich gar nicht mehr gedacht, ich hab überlegt, wie es wär, wenn es keinen Frühling mehr gibt oder keinen Sommer, weil ich rausfinden wollte, auf welche Jahreszeit ich auf gar keinen Fall verzichten kann. Ich bin gut in Deutsch, vor allem bei Aufsätzen, ich denk mir gern Geschichten aus. Mathe mag ich noch lieber, da gibt es für alles eine Lösung, die ist entweder richtig oder falsch, etwas anderes gibt es nicht.

Ich bin um die Straßenecke gekommen und noch ein ganzes Stück weitergegangen, bevor ich es gemerkt hab, ich war so in Gedanken. Erst vor Naumanns Haus hab ich hochgeguckt, da standen sie. Mein erster Gedanke war: So schnell? Ich hab den Brief doch erst am Samstag eingeworfen und gedacht, vor Dienstag können sie ihn nicht kriegen. Und daß wir noch einen Tag haben zusammen.

Dann hab ich gesehen, daß es wirklich mehrere Autos waren, zwei Polizeiwagen und ein Notarzt, sie haben gerade die Türen zugeschlagen. Ein paar Nachbarn waren auf der Straße, Frau Hundertmark von schräg gegenüber und Herr Naumann, der immer zu Haus ist, seit er mit dem Arm in die Kreissäge gekommen ist, und dann noch die junge Frau, die erst seit ein paar Wochen drei Häuser weiter wohnt. Die hatte ihr Baby auf dem Arm. Ich hab noch gedacht, ein Baby sollte so was nicht sehen, obwohl es vielleicht noch gar nichts kapiert, aber trotzdem. Ich war nur froh, daß Herr Muus nicht dabeistand und sein Freund auch nicht.

Dann ist mir schwindelig geworden, ich hab mich am Zaun festgehalten und hab versucht zu überlegen, was ich tun soll. Weglaufen, bevor sie mich sehen, damit sie mich nicht finden. Aber wohin. Die einzige, zu der ich gewollt hätte, ist Janina, aber die wohnt zu weit weg, ich hatte kein Geld. Zu Tante Bella kann ich jetzt auch nicht mehr.

Oder einfach eine Zeitlang rumlaufen irgendwo. Und erst wiederkommen, wenn sie alle weg sind, die Polizisten, der Arzt und die Nachbarn. Damit es nicht gleich so viele sind, die mich anstarren. Bestimmt denken sie alle, daß ich auch schuld hab, obwohl mir das egal ist. Für mich ist das einzig Schlimme, daß ich sie verraten hab. Die zwei Menschen, die ich am liebsten hab auf der ganzen Welt.

Der Notarztwagen ist losgefahren, an mir vorbei, mit Blaulicht und Sirene. Ich hab ihm nachgeschaut, in meinem Bauch ist irgendwas nach unten gesackt wie ein kalter Klops. Dann hab ich wieder zurück zum Haus geguckt, und genau in dem Moment ist Ela rausgekommen. Sie war allein, Carl war morgens ins Krankenhaus gefahren. Ein Polizist ist neben ihr gegangen, er hat sie nicht angefaßt. Sie hat die Jacke angehabt, die Carl ihr zu meiner Kommunion gekauft hat, und ihre Handtasche über die Schulter gehängt, als ob sie nur zum Einkaufen geht. Ihr Gesicht war ganz normal, überhaupt nicht wütend oder ängstlich, ich versteh das nicht. Sie ist vor dem Polizisten zu einem der Autos gegangen, es stand halb auf dem Gehweg.

Irgendwie haben meine Beine angefangen sich zu bewegen, ohne daß ich es wollte, ich bin hingerannt zu ihr, vorbei an den Nachbarn. Vielleicht hab ich auch ihren Namen geschrien. Sie wollte gerade einsteigen, sie hat sich umgedreht zu mir und hat mich angelächelt und gesagt: »Hab keine Angst, Lilly. Ich komm bald wieder.«

Sie ist ins Auto gestiegen, und sie hat es nur gesagt, damit ich nicht heule. Sie hat nicht mal versucht, mich in ihre Arme zu nehmen. Ich hab schon vorher gewußt, daß sie ganz lange nicht wiederkommt, und Carl auch nicht. Aber erst in diesem Moment ist mir richtig klargeworden, was das bedeutet.

2

Eine Frau ist zu mir gekommen. Sie hat rote Haare und diese grüne Polizistenuniform an und ein Hemd wie Erbsensuppe und einen Schlips wie ein Mann, das sieht eklig aus. Sie hat einen Bauch. Sie riecht nach Zigaretten, so wie Ela früher, als sie noch geraucht hat, ich hab das nie gemocht. Sie hat mir ihren Namen gesagt, ich soll sie Cora nennen, und daß sie sich eine Weile um mich kümmert. Sie versucht, nett zu mir zu sein, sie lächelt immerzu, aber nicht echt. Sie hat mir ein Würstchen und Brot und eine Cola mitgebracht. Während ich gegessen hab, hat sie mich die ganze Zeit nur angesehen. Als ich fertig war, hat sie angefangen zu fragen. Ich hör nicht hin, ich brauch meinen Kopf für mich allein.

Durch eine offene Tür kann ich ins nächste Zimmer sehen, da steht ein Sofa, vielleicht ruhen sich die Polizisten zwischendurch darauf aus. Ich würd gern schlafen. Komisch, daß ich so müde bin mitten am Tag. Wie spät es wohl ist, ich hab die neue Uhr vergessen heut morgen, sie liegt auf meinem Nachttisch. Wo werde ich schlafen in dieser Nacht. Wo werden sie mich hinbringen.

Mir ist kalt. Ich nehm meine Jacke von der Stuhllehne, dabei rutscht das Foto aus der Innentasche. Ich hab es immer bei mir, Ela und Carl. Die Polizistin ist schneller als ich, sie hebt das Bild auf. Ich weiß, was sie jetzt denkt. Wie schön Ela ist, viel schöner als sie selbst. Niemals hätte Ela ihre Haare so kurz schneiden lassen, sie gehen ihr bis zum Po, sie läßt sie immer an der Luft trocknen, sie hat Panik vor Spliß. Wenn sie ausgeht, steckt sie sie manchmal hoch, und ich darf aussuchen, welche Spangen sie nehmen soll, sie hat einen ganzen Kasten voll, er ist mit blauen und roten Vögeln bemalt.

»Schönes Haus«, sagt die Frau. »Wo ist das?«

»Korden-Ehrbach«, sag ich, obwohl sie das nichts angeht. Aber es wär unhöflich, nicht zu antworten.

»Habt ihr da mal gewohnt?«

Ich nicke. Sie guckt immer noch das Foto an.

»Schön, wirklich schön«, sagt sie. Wie ein Papagei. Ich mag nicht, daß sie so auf Ela und Carl glotzt, sie soll sie mir zurückgeben.

»Carls Vater hat es gebaut«, sag ich und streck die Hand aus. »Als er noch jung war.«

»Carls Vater?«

Sie ist wirklich ein Papagei. Sie zieht ihre Augenbrauen hoch und läßt sie gleich wieder runtersacken. Dabei wackelt ihre Nasenspitze. Sie hat Mitesser.

»Dein Großvater also?« Sie reicht mir endlich mein Bild und fragt: »Nennst du deine Eltern immer mit Vornamen?«

Ich steck das Foto ein, ich geb keine Antwort. Warum fragt sie, sie hat es doch gehört.

3

Eine Zeitlang wollte ich sie unbedingt *Mama* und *Papa* nennen oder *Mam* und *Paps,* wie die anderen Kinder. Carl fand es okay, aber Ela wollte nicht.

»Warum nicht gleich *Mutti*«, hat sie gesagt, und daß das grauenhaft klingt, nach Pudel-Dauerwellen und dickem Hintern und Hausschuhen. Und daß sie nicht so sein will wie andere Mütter.

Hausschuhe und Dauerwellen, darüber hab ich gelacht. Weil Ela ganz anders aussieht, ihre Haare haben ganz von allein Wellen, sie sind ganz dick und ganz schwarz, Carl sagt immer *deine Rabenhaare*. Sie geht nie zum Friseur, sie schneidet sich die Spitzen immer selbst ab. Sie paßt jetzt noch in ihre allerersten LEVI'S-Jeans, die hat sie bekommen, als sie vierzehn war. Sie sind ganz verwaschen und am Po zerrissen, manchmal zieht sie sie an und zeigt uns, wie leicht der Knopf zugeht. Und Schuhe. Im Haus trägt sie nie welche, immer geht sie barfuß, sogar im Winter. Sie lackiert sich die Fußnägel, sie hat vier Fläschchen mit Lack in verschiedenen Rottönen, *Crazy, Samba, Admiral, Purple Moon.*

Das Foto ist älter als ich, im September vor meiner Geburt wurde es gemacht, ich bin schon in Elas Bauch, aber man sieht noch nichts. Damals haben noch zwei Bäume vorm Haus gestanden, Rotdorne, die sind später eingegangen, alle beide zur gleichen Zeit, als hätten sie sich verabredet, sagt Carl, aber ich kann mich nicht daran erinnern. Carl sitzt auf der Harley und Ela auf dem Sozius, ihre Arme um seinen Bauch, er hat die schwarze Lederjacke an, die Ela immer wegschmeißen will, weil sie inzwischen ganz abgeschabt ist, das Futter ist total zerfetzt, aber er will sie behalten, weil sie ihn an früher erinnert. *Die tollen Zeiten damals,* sagt er immer. Wenn er in der Garage ist, hat er sie immer an, dann sieht er ganz anders aus, irgendwie noch größer als sonst. Er verändert sich überhaupt ziemlich oft, finde ich, aber vielleicht ist das bei Männern so.

Auf dem Foto guckt er ein bißchen verdreht zu Ela zurück, in ihr Gesicht, er sieht wahnsinnig glücklich aus, sie waren erst ein paar Wochen verheiratet damals. Er hat mir mal erzählt, daß es ganz viele Männer gab, die Ela zur Frau haben wollten, und daß er es erst gar nicht glauben wollte, daß sie sich ausgerechnet ihn ausgesucht hat.

Ela hat so ein Lächeln im Gesicht, wie sie es hat, wenn sie in den Spiegel guckt, aber sie sieht nicht Carl an, sie guckt zu dem, der sie fotografiert. Sie sieht total jung aus und irgendwie stark, obwohl sie so dünn ist.

»Du hättest Fotomodell werden können, bei deinem Aussehen. Könntest du heute noch«, sagt Carl manchmal, meistens dann, wenn sie uns ihre ersten LEVI'S-Jeans vorführt.

»Red keinen Quatsch«, sagt sie dann, aber sie freut sich, das merkt man.

Früher war auf dem Foto auch noch mein Großvater zu sehen. Er hat neben dem Motorrad gestanden und ein Gesicht gemacht, als wenn er es unmöglich findet, daß sie beide keinen Helm aufhaben. Es ist schon ziemlich lange her, da hab ich Ela mal gefragt, warum er so böse aussieht, obwohl sie gar nicht gefahren sind, als das Foto gemacht wurde, der Motor war überhaupt nicht an.

»Ach, der Alte«, hat sie gesagt, und daß er sie nie hat leiden können. Und daß er das ganze Foto verdirbt mit seiner miesepetrigen Miene. Sie hat die Schere genommen und ihn weggeschnitten.

Er hieß Hermann, er ist gestorben, als ich erst zwei war. Ich kann mich überhaupt nicht an ihn erinnern, ich hätt ihn gern auf dem Foto behalten, weil wir sonst überhaupt keine Bilder von ihm haben. Aber am Haus in Korden-Ehrbach hing ein großes Schild, auf dem stand *Hermann Jessen und Sohn, Malereibetrieb,* das konnt ich schon mit vier Jahren lesen, auf dem Foto sieht man es nur nicht, weil die Rotdornbäume davor sind. Ela wollte immer, daß Carl ein neues Schild machen läßt, auf dem nur sein Name stehen soll, aber er war dagegen. Ich glaub, er hat seinen Vater ziemlich gern gehabt, wenn Ela schlecht über ihn gesprochen hat, hat er nichts gesagt, aber er ist immer gleich aus dem Zimmer gegangen. Er hat dann auch irgendwie kleiner ausgesehen als sonst, als wär er plötzlich ein bißchen geschrumpft. Dabei ist er viel größer als Ela, mehr als einen Kopf, sie muß sich auf die Zehenspitzen stellen, wenn sie ihn küßt. Manchmal hebt er sie auch hoch dabei, das hab ich gern.

Ich war oft neidisch auf andere Kinder, weil sie noch ihre Großeltern haben, viele sogar noch alle vier. Manchmal hab ich mir vorgestellt, wie es wär, wenn sie nicht gestorben wären, und wenn auch die Eltern von ihnen nicht gestorben wären, all meine Urgroßeltern. Alle zusammen, mit uns und Janina, wären wir dann sechzehn, eine richtig große Familie. Oder siebzehn, wenn man sie mitzählt.

Als ich geboren wurde, war nur noch Carls Vater da. Carls Mutter ist an Krebs gestorben, da war Carl elf, ein Jahr jünger, als ich jetzt bin. Elas Mutter ist auch an Krebs gestorben, ich weiß nicht genau, wann, bald danach ist ihr Vater im Dunkeln mit dem Fahrrad unterwegs gewesen, an einem Fluß ist er die Böschung runtergestürzt und ins Wasser gefallen und ertrunken.

»Das war kein Unfall, das schwör ich«, hat Ela oft gesagt. Sie glaubt, daß er sich umbringen wollte, weil er nicht weiterleben konnte ohne seine Frau. Einmal hat sie es auch zu Janina gesagt, die hat die Augen verdreht und gestöhnt. Sie hat gesagt, Ela soll endlich aufhören sich was vorzumachen, ihre Eltern sind ihr Leben lang wie Hund und Katze gewesen, und ihr Vater ist garantiert heilfroh gewesen, als ihre Mutter tot war. Daß er nur wieder mal besoffen war, hat Janina gesagt, sie hat wirklich *besoffen* gesagt, über ihren eigenen Vater.

Ela ist schrecklich ausgerastet und hat gesagt, Janina lügt und hat schon immer gelogen, sie ist nur neidisch, weil sie selbst keine Kinder hat und nicht mal einen Mann. Janina hat zurückgebrüllt, und Carl hat immer nur »jetzt hört doch bitte auf« gesagt, aber sie haben nicht aufgehört.

Beim Abschied hat Janina gesagt, sie kommt nie wieder, aber sie ist doch immer wieder gekommen, jedenfalls bis Weihnachten. Da war sie zum letzten Mal bei uns, bei der Bescherung haben sie sich sogar einen Kuß gegeben, Ela und sie, aber nach dem Essen haben sie gleich wieder gestritten.

Seitdem hab ich Janina nicht mehr gesehen. Meinen Geburtstag am Freitag hat sie auch vergessen, sie will nichts mehr mit uns zu tun haben. Sie hält es bei uns nicht aus, hat sie gesagt, sie findet es zum Kotzen. Und Ela hat geschrien, auf so eine Schwester kann sie gut verzichten. »Dann geh doch, hau endlich ab!«

Dabei ist Janina meine Patentante, und Paten müssen sich eigentlich immer um ihre Patenkinder kümmern, ein Leben lang. Aber vielleicht weiß Janina das gar nicht mehr, weil sie nicht mehr katholisch ist, sondern gar nichts, schon ziemlich lange. Auch darüber hat sie mit Ela immer gestritten, weil sie aus der Kirche ausgetreten ist und Ela es furchtbar findet, daß Janina ohne Glauben lebt.

4

Die Polizistin hat mich ein paar Minuten allein gelassen, sie ist mit einer Tüte Gummibärchen zurückgekommen und hat noch mehr nach Rauch gerochen. Sie hat gesagt, sie kann mir vielleicht helfen, wenn ich mit ihr rede, aber ich weiß nicht, wobei sie mir helfen will.

Ich möchte bei Ela und Carl sein. Aber dann müßte alles wieder so sein wie früher. Dann würden wir immer noch in unserm alten Haus in Korden-Ehrbach wohnen mit dem Hermann-Schild, und ich wüßte, daß Janina in ein paar Tagen kommt und mich zum Lachen bringt. Sie wohnt in Koblenz, von Korden-Ehrbach nur eine Stunde mit dem Auto, von hier aus ist es weiter, aber das ist ja nicht der Grund, weshalb sie nicht mehr kommt. Eigentlich ist sie immer nur meinetwegen bei uns gewesen. Das hat sie mir mal gesagt, als ich mit zu ihr durfte, da hat sie mir ganz viel über früher erzählt. Sie ist ein Jahr jünger als Ela, und sie haben sich schon als kleine Mädchen immerzu nur gezankt.

Manchmal hat sie mich am Freitag abgeholt, und ich durfte bis Sonntag bei ihr bleiben. Dann sind wir ins Kino gegangen oder durch die Stadt gelaufen und zum Rhein, da haben wir Eis gegessen im Sommer. Manchmal waren wir auch nur in ihrer Wohnung und haben nichts Besonderes gemacht, uns nur unterhalten, das hat mir eigentlich am besten gefallen. Ich glaub, Janina ist der einzige Mensch, der mich nach mir selber gefragt hat, warum ich manche Sachen gut finde und andere nicht und so was, und sie hat das nicht nur so dahergefragt, damit irgendwas gesagt wird. Sie wollte wirklich wissen, warum ich unbedingt einen Hund haben wollte, und dann mußte ich es ihr erklären. Das war gar nicht so einfach, weil es ihr nicht ausgereicht hat, wenn ich gesagt hab, Hunde sind einfach süß und man kann mit ihnen spielen.

Ela hat es nicht gemocht, wenn ich bei Janina war. »Sie ist nur deine Tante«, hat sie gesagt. »Ich weiß nicht, warum du mit ihr mehr Zeit verbringen mußt als mit mir.«

Dabei stimmt das gar nicht, mit Ela war ich eigentlich immer zusammen, bis auf das Vierteljahr bei Tante Bella. Janina hat nur selten Zeit gehabt, sie ist Dolmetscherin, sie hat sogar schon im Fernsehen übersetzt, sie kann Englisch und Französisch und Spanisch und Portugiesisch. Sie hat eine Dachterrasse, man kann ganz weit über den Rhein gucken, fast bis zur Loreley, da wollte sie immer mal mit mir hinfahren.

Ich wünsch mir so sehr, daß Janina niemals mitbekommt, was passiert ist, aber ich weiß, das geht nicht. Vielleicht kommen wir sogar in die Zeitung. Wenn sie erfährt, was wir getan haben, denkt sie bestimmt genau dasselbe wie alle anderen. Daß wir keine normalen Menschen sind, sondern irgendwelche Ungeheuer. Monster, ohne Herz und Seele. Daß man uns einsperren muß, weil wir gefährlich sind.

»Unmenschen«, hat Frau Hundertmark auf der Straße

gekeift und ein Kreuz geschlagen, mir kommt es vor, als wär das hundert Jahre her. Herr Naumann hat sich die Nase geputzt mit einem Stofftaschentuch, das hat einen grünen Rand gehabt, ich hab immer nur auf diesen grünen Rand geguckt, weil ich nicht sehen wollte, wie sie Ela wegbringen.

Vielleicht sperren sie mich nicht ein, weil ich noch ein Kind bin. Aber bestimmt Ela und Carl. Jeder wird sie hassen und Angst vor ihnen haben und glauben, daß sie Teufel sind. Aber das stimmt nicht. Ich kenn sie doch. Wir sind nur irgendwie ins Unglück geraten, alle zusammen. Wir haben nie etwas Böses gewollt, wir wollten nur eine glückliche Familie sein, sonst nichts.

5

Sie ist in das Zimmer mit dem Sofa gegangen, sie muß kurz telefonieren, hat sie gesagt und die Tür zugemacht. Bestimmt erkundigt sie sich, was sie jetzt mit mir machen soll. Was stellt man an mit Kindern, wie ich eins bin. Wo tut man sie hin, wenn sie niemanden mehr haben.

Sie hat gesagt, sie ist traurig, weil ich nicht mit ihr spreche. Ob ich ihr nicht wenigstens erzählen möchte, was für Freundinnen ich hab und welches mein Lieblingsfach in der Schule ist. Sie lügt. Sie ist nicht traurig, das ist nur ein Trick, damit ich was sag, bestimmt hat sie auf der Polizistenschule gelernt, wie man Verbrecher zum Reden bringt. Ich hab mich gezwungen, den Mund aufzumachen, und hab ihr gesagt, sie soll mich bitte in Ruhe lassen, ganz höflich. Da hat sie gesagt, sie macht sich Sorgen um mich. Sie hat mir noch mal die Tüte mit den Gummibärchen angeboten, aber ich mag keine Gummibärchen. Genau wie Ela und Janina, darin waren sie sich immer einig. Außerdem will Ela nicht, daß ich Süßkram eß, die Zähne gehen davon kaputt, und man kriegt Rinderwahnsinn. Früher hat sie noch viel mehr darauf geachtet, daß ich mich gesund ernähre, nie hat es Fertigsachen für mich gegeben, immer nur frisch Gekochtes. »Man ist, was man ißt«, hat sie gesagt. Sie findet es auch nicht gut, daß Carl sich Schokoriegel kauft, wenn er bei der Arbeit ist und keine Zeit für richtiges Essen hat. Er ist ein schlechtes Vorbild, sagt sie.

Als ich mal bei Janina war, hat sie gesagt, es gibt Menschen, die sich besser gar nicht erst kennenlernen sollten. Und sich schon gar nicht ineinander verlieben, weil sie nur unglücklich miteinander werden können. Ich hab gleich gewußt, daß sie Ela und Carl meint, weil es damals bei uns zu Haus besonders oft um das Baby ging, das Ela sich so gewünscht hat und das sie nicht bekommen konnte.

Eigentlich hat sie immer ein zweites Kind haben wollen, solang ich denken kann, aber damals hat sie besonders oft gesagt, daß es höchste Eisenbahn ist und Carl in die Puschen kommen soll, sie hat ziemlichen Streß gemacht, wenn er nicht am frühen Abend pünktlich zu Haus war.

In der fünften Klasse haben wir im Biologie-Unterricht gelernt, wie das funktioniert mit der Zeugung beim Menschen. Wie kompliziert das ist. Und was für ein Wunder, daß es überhaupt so oft passiert. Es kann so viel schiefgehen dabei. Wir haben einen Film gesehen, in dem man wahnsinnig viele Samenfäden beobachten konnte, auf dem Weg zur Eizelle, erst sind es fünfhundert Millionen oder so, und dann nur noch ein paar hundert, weil sie schneller und irgendwie beweglicher sind als die anderen. Und von denen kann dann nur ein einziger gewinnen, der darf ins Ei. Aber das funktioniert auch nicht immer.

Ela hat alles versucht damals, sie hat für immer mit dem Rauchen aufgehört, sie hat nur noch ganz wenig Fleisch gegessen und jeden Tag Gymnastik gemacht, weil es bei sportlichen Frauen leichter klappt. Sie hat sich auch irgendeinen ganz besonderen Tee aus dem Reformhaus geholt, weil sie in einem Buch gelesen hat, daß es wirksame Kräuter gibt. Und jeden Monat hat sie darauf gewartet, daß es soweit ist. Ich hab gesehen, wie sie immer wieder in ihren Taschenkalender geguckt und gerechnet hat.

Einmal hat sie ganz fest geglaubt, es hat funktioniert. Sie kann es fühlen, hat sie gesagt. Sie war nur noch guter Laune, von morgens bis abends, sie hat dauernd gelacht und sich jeden Tag die Haare hochgesteckt. An einem Nachmittag ist sie mit mir zur Apotheke gegangen und hat eine kleine Flasche abgegeben, zum Testen. Danach hat sie mir neue Schuhe gekauft, und dann durfte ich mir noch etwas wünschen. Ich hab mir eine Hose ausgesucht, die eigentlich viel zu teuer war, aber Ela hat sie trotzdem genommen. »Für zwei lohnt es sich schon wieder«, hat sie gesagt und mich mitten im Laden abgeküßt.

Als ich am nächsten Tag aus der Schule gekommen bin, lag sie im Bett und hatte ein verheultes Gesicht und hat mich gleich wieder aus dem Zimmer geschickt. Ich mußte gar nicht erst fragen, was los ist. Sie hat kein Mittagessen gemacht und ist den ganzen Tag im Schlafzimmer geblieben. Ich hab überlegt, ob ich trotzdem zu ihr reingehen soll, um sie zu trösten, aber ich hab Angst gehabt, sie fängt erst recht an zu weinen, wenn sie mich sieht.

Am Abend, als Carl gekommen ist und ich es ihm gesagt hab, ist er sofort zu ihr gegangen. Ich hab mich hinter der Tür versteckt und beobachtet, wie er sie in die Arme genommen hat. Daß er sie liebt, mehr als alles andere auf der Welt, hat er gesagt, und das ist doch das Wichtigste. Sie hat seine Arme weggeschoben und die Bettdecke um sich gewickelt wie eine Wurst, drei Ärzte haben ihr erklärt, daß es nicht an ihr liegt, hat sie gesagt, bei ihr ist alles in Ordnung. Daß es nur seine Schuld ist, und daß sie ihn schon tausendmal angebettelt hat, er soll sich untersuchen lassen. Aber daß er es absichtlich nicht tut, weil er ihr nichts gönnt. »Du erfüllst mir ja nicht mal meinen einzigen Wunsch«, hat sie geschrien. »Das nennst du Liebe?«

Ich bin in mein Zimmer gelaufen, aber ich hab noch gehört, wie er gebrüllt hat: »An mir liegt es auch nicht. Schließlich haben wir Lilly, oder etwa nicht!«

Ich hab oft gedacht, wie komisch das ist: Daß ich auf die Welt gekommen bin, obwohl Ela damals noch gar kein Kind haben wollte, weil sie noch so jung war, erst neunzehn, sie hat nicht im Traum an ein Baby und eine Familie gedacht, hat sie mir mal erzählt. Sie hat mich ganz lange angeguckt dabei, als hätte sie mich vorher noch nie so richtig gesehen, dann hat sie mich auf ihren Schoß gezogen und gesagt: »Aber es ist gut, wie alles gekommen ist. Ich weiß gar nicht, was ich ohne dich täte. Ich hab dich so lieb.«

Aber ich war ihr nicht genug. Warum wollte sie sonst unbedingt noch ein Kind haben.

Nur Janina hab ich mal danach fragen können. Sie mußte erst ein bißchen nachdenken, dann hat sie gesagt: »So darfst du das nicht sehen, Lilly. Es ist genau andersrum. Sie will noch eins, weil du so wunderbar geraten bist. Wenn du ein Scheusal wärst, hätte sie bestimmt schon die Nase voll vom Kinderkriegen.«

Ich fand es nett, wie Janina es mir erklärt hat, aber geglaubt hab ich es nicht. Und Ela hat nicht aufgehört, in ihren Kalender zu gucken und sich Hoffnungen zu machen, bis Carl schließlich doch zu dieser Untersuchung gegangen ist. Die Zeit danach war nicht so schön, wie ein schwarzer Tunnel ohne Licht am Ende. Ela hat fast nur noch im Bett gelegen und geweint, viele Tage lang, und Carl hat mir erklärt, daß er keine Kinder mehr zeugen kann, weil er irgendeine Krankheit gehabt hat, zwei oder drei Jahre nach meiner Geburt. Er hat mir leid getan, weil er doch gar nichts dafür kann, jeder kann krank werden, immerzu. Und Ela hat fast gar nicht mehr gesprochen, nur noch das Nötigste, daß ich mich warm anziehen soll oder daß die Waschmaschine nicht mehr schleudert und daß Carl sie reparieren muß.

Er hat immerzu Überstunden gemacht, und wenn er zu Haus war, ist er ganz leise durch die Zimmer gegangen. Am schlimmsten waren die Mahlzeiten ohne Ela, ich hab Angst gehabt, ihm ins Gesicht zu sehen, ich hab nicht gewußt, was ich reden soll. Einmal hab ich ihn vor der Schlafzimmertür gesehen, da hatte sie ihn gerufen, und er hat da gestanden und auf die Tür geguckt, ganz lange, als würde er auf irgendwas warten, und erst als sie noch mal gerufen hat, ist er reingegangen.

Irgendwann ist Ela wieder aufgestanden und auch wieder zur Arbeit in den Kindergarten gegangen, aber sie war überhaupt nicht mehr so wie vorher. Sie hat sich so langsam bewegt, als wenn ihre Füße am Fußboden festkleben. Und abends, beim Essen, hat sie in die Luft geguckt, auf die Stelle zwischen Carl und mir, wo gar keiner saß. Wenn wir den Brotkorb zu ihr hingeschoben haben oder den Aufschnitt, hat sie nicht mal *danke* gesagt.

Einmal haben wir alle vor dem Fernseher gesessen, das

war kurz nach meinem zehnten Geburtstag, ich hatte ein Geduldspiel bekommen, zwei Haken aus Metall, die man nur ganz schwer auseinanderfummeln kann. Ich hatte sie endlich auseinander, aber noch nicht wieder zusammen, und sie haben sich einen Film angeguckt, in dem eine Frau ein Baby bekommen hat, und Ela hat wieder angefangen zu weinen, sie hat sich ein Kissen vor die Brust gedrückt und ihr Gesicht darauf gelegt. Carl ist aufgestanden. Er hat gesagt, er hält es nicht mehr aus, Ela soll sich einen anderen Mann suchen, der ihr ein Kind macht, wenn ihr Glück davon abhängt. Ich hab ihn fast nicht verstanden, so leise hat er gesprochen, und dann ist er rausgegangen. Ela hat weitergeweint, immer ins Kissen, das war hinterher richtig nass, und ich hab Angst bekommen, sie tut es wirklich. Was wird dann aus mir, hab ich gedacht. Krieg ich einen neuen Vater und darf Carl nicht mehr sehen? Weil wir dann doch bestimmt ausziehen müssen, weil das Haus Carl gehört, er hat es von seinem Vater geerbt, Hermann oben auf dem Schild.

Ich hab immer vor den falschen Sachen Angst. Ela hat sich keinen neuen Mann gesucht, aber am nächsten Tag ist trotzdem alles anders gewesen, so ähnlich wie jetzt, auf einmal war ich allein.

Carl hat mich aus der letzten Stunde geholt, Erdkunde bei Frau Schulz-Merkel, wir haben eine Karte gezeichnet von unserem Landkreis, die ist nie fertig geworden. Carl hat gesagt, daß Ela ganz plötzlich krank geworden ist und im Krankenhaus liegt und daß er sich um sie kümmern muß. Und mich bringt er nach Simmern, zu Tante Bella.

Wir sind nach Haus gefahren und haben meinen Koffer

gepackt, und Carl hat nicht erlaubt, daß ich meine Zahnbürste aus dem Badezimmer hol, er wollte mir eine neue kaufen, unterwegs. Aber dann hat das Telefon geklingelt, und er ist nach unten gegangen, und ich bin ins Bad gerannt, weil ich mein Nachthemd brauchte, im Schrank war kein frisches mehr. Da war alles voller Blut, auf dem Fußboden, im Waschbecken, überall. Auch die Badewanne war ganz verschmiert, ein Rest Wasser war noch drin, rot, und irgendwas Kleines, Glänzendes lag in dieser roten Pfütze. Ich hab einen furchtbaren Schrecken gekriegt, weil ich erst da verstanden hab, daß Ela wirklich sehr krank war, ich hab gedacht, sie muß sterben, so viel Blut war da. Ich bin gleich wieder rausgelaufen aus dem Badezimmer, weil ich all das Blut nicht sehen wollte, und am Abend hat mich Tante Bella gefragt, wieso ich kein Nachthemd dabeihab. Ich hab gesagt, ich hab es vergessen.

Über ein Vierteljahr bin ich bei ihr gewesen, den Rest vom Schuljahr und fast die ganzen Sommerferien. Dreimal ist Carl gekommen, öfter konnte er nicht, weil er sich um Ela kümmern mußte und den Betrieb nicht so lange allein lassen konnte, drei Maler waren bei ihm angestellt, damals noch. Beim ersten Mal hab ich ihn gefragt, was Ela eigentlich hat. Tante Bella hatte ich schon gefragt, aber die hat nur komisch geschnaubt und gesagt: »Flausen im Kopf, nichts weiter.« Ich hab gleich gemerkt, daß sie mit mir nicht darüber reden will und Ela nicht leiden kann.

Wir sind zwischen Tante Bellas Gemüsebeeten spazierengegangen, und Carl hat eine Zuckererbsenschote abgepflückt und aufgeknackt und was von einer Krankheit gesagt mit einem komplizierten Namen, den er sich selber nicht merken kann, auf seinen Fingern hat weiße Farbe geklebt, dabei hat er sich sonst immer die Hände geschrubbt, wenn er von der Arbeit gekommen ist. Ela wird wieder gesund werden, hat er gesagt, ganz bald schon. Wir müssen nur besonders lieb zu ihr sein, wir dürfen sie nicht ärgern und aufregen.

Ich hab ihn gefragt, ob ich nicht lieber zu Janina kann, aber er hat gesagt, das will Ela bestimmt nicht so gern, und dann dauert es viel länger, bis sie wieder gesund wird. Die kleinen Erbsen hat er nicht gegessen, er hat sie in die Hosentasche gesteckt, vielleicht wollte er sie Ela mitbringen, ich weiß es nicht. Die Schote hat er einfach zwischen die Büsche geworfen, ich hab sie später verbuddelt, damit Tante Bella nicht denkt, ich hab genascht.

Bis vor kurzem hab ich gedacht, die Zeit bei Tante Bella war die schlimmste in meinem Leben. Sie ist meine einzige Großtante, Carls Vater Hermann war ihr Bruder. Ich hatte sie davor erst einmal gesehen, aber da war ich noch ganz klein. Ela hat mir oft erzählt, wie Tante Bella damals zu Besuch gekommen ist und ich guten Tag sagen sollte und es nicht getan hab, weil ich Angst hatte vor ihrer tiefen Stimme. Ela hat sich immer lustig gemacht über Tante Bella und hat sie nachgeäfft, und dann mußte ich Angst kriegen und weglaufen, und Ela hat mich verfolgt und mit tiefer Stimme ermahnt, daß kleine Mädchen gehorchen müssen. Das war unser Spiel. Es hat immer damit aufgehört, daß wir beide schrecklich gelacht und *pfui Tante Bella* geschrien haben.

6

Na? Worüber freust du dich denn so?« Die Polizistin ist zurückgekommen und streicht mir über den Kopf.

Ich möcht am liebsten ihre Hand wegschlagen, sie soll mich nicht anfassen, aber ich halt still.

»Ich würde gern mitlachen«, sagt sie. »Erzähl doch mal. Woran hast du denn gerade gedacht?«

Sie lügt, sie will es gar nicht wissen, sie will mich nur aushorchen, damit ich etwas Böses über Ela und Carl sage. Sie will nur das Schlimme wissen, nicht das Schöne. Sie haben mich doch nur hierhergebracht, damit ich Ela und Carl schlechtmach, was anderes interessiert sie nicht. Wenn ich erzählen würde, wie witzig unsere Spiele manchmal waren, würde die Frau doch immer nur weiterfragen, um zu dem anderen zu kommen. Zum Schlimmen. Sie würde nichts verstehen. Sie würde nie im Leben kapieren, daß Ela uns immer nur liebgehabt hat, manchmal konnte sie es nur nicht richtig zeigen. Wenn sie gewußt hätte, wie einsam ich mich bei Tante Bella gefühlt hab, hätte sie mich niemals so lange dort gelassen. Sie war ganz einfach krank und hat es nicht gewußt.

Tante Bella hat ganz allein in einem großen Haus gewohnt, mit einem verwilderten Garten, der war schön. Aber das Haus war dunkel und immer kalt, obwohl es Sommer war, und es roch nicht gut, nach verfaulten Äpfeln oder so. Es gab viele Zimmer, aber ich mußte bei Tante Bella schlafen, neben ihr in ihrem großen Bett, über dem Jesus am Kreuz hing. Ich hab immer Angst gehabt, er fällt auf mich runter und schlägt mich tot.

Das schönste bei Tante Bella war ihr Kater. Sie hat immer *Fürst der Finsternis* zu ihm gesagt, aber eigentlich hieß er Kasimir und war schwarz mit drei weißen Pfoten und einem weißen Fleck auf der Brust, wie ein Babylätzchen. Es gab eine Klappe in der Tür zum Garten, er konnte raus und rein, wie er wollte. Überhaupt durfte er immerzu tun, was ihm gefiel, den ganzen Tag auf dem Sessel schlafen, fressen, wann er wollte, und im Garten auf den Kirschbaum klettern, das durfte ich nie. Tante Bella hat gesagt, Tiere muß man in Ruhe lassen. Ich wollte Kasimir gern in den Arm nehmen und streicheln, weil er so warm war und weich, aber er mochte das nicht, er hat sich immer gleich wieder aus meinen Armen gewunden und ist auf den Boden gesprungen und in den Garten gerannt.

Nur abends wollte er manchmal bei uns sein, dann ist er auf Tante Bellas Schoß gehüpft, auch wenn sie gerade Zeitung gelesen hat oder Klavier gespielt. Sie hat das nicht gestört, auch wenn sie nicht weiterspielen konnte. Er hat seinen Kopf an ihr Kinn gestupst, das war das Zeichen, daß er gekrault werden will. Sie hat dann immer »Na komm her, mein Fürst« gesagt und ihn gestreichelt, bis er geschnurrt hat. Sie hat ihn richtig liebgehabt, glaub ich, sie fand es auch nicht eklig, wenn er eine tote Maus aus dem Garten gebracht und vor ihre Füße gelegt hat, sie hat ihn sogar gelobt dafür. Manchmal lag auch nur ein winzig kleines blutiges Stück in der Küche, die Galle von einer Maus, und einmal hat er sogar ein junges Wiesel angeschleppt, dem hatte er die Kehle durchgebissen, und es hat im ganzen Haus gestunken wie nichts Gutes, sogar Tante Bella hat sich die Nase zugehalten. Aber das Wiesel hat ihr überhaupt nicht leid getan. »So ist die Natur«, hat sie nur gesagt.

Zu mir ist Kasimir nie gekommen, ich glaub, er mochte mich nicht. Tante Bella hat gesagt, ich soll ihm Zeit lassen, er muß erst Vertrauen zu mir fassen. Ich hab ihm jeden Tag ein paarmal meine Hand hingehalten, damit er sich an meinen Geruch gewöhnt, aber er ist nie gekommen, die ganzen drei Monate nicht.

Obwohl sie schon so alt war, hat Tante Bella immer noch Geld verdient. Sie hat Klavierstunden gegeben, früher ist sie Musiklehrerin in einer Schule gewesen. Fast jeden Tag sind Kinder zu ihr gekommen, und ich mußte dann raus in den Garten, damit ich nicht stör. Wenn Tante Bella für sich allein gespielt hat, durfte ich dabeisein und zuhören. Sie hat schön gespielt, aber laut, und zwischendurch hat sie geschnauft. Einmal hab ich sie gefragt, ob ich das auch lernen kann bei ihr, sie hat ziemlich lange überlegt, bevor sie geantwortet hat. Es hat keinen Sinn, hat sie dann gesagt, weil ich nicht lange genug bei ihr bleiben werde und weil wir zu Haus kein Klavier haben. »Deine Mutter hat ja leider nicht viel übrig für Musik«, hat sie gesagt. »Und dein Vater? Na ja.«

Einmal, da war ich schon in ihrem Bett, hat sie Besuch von einer Nachbarin gehabt, sie haben im Garten gesessen, und ich konnte sie hören, belauscht hätt ich sie nie im Leben, aber ihre Stimme war so laut. Von der anderen Frau hab ich keinen Mucks mitgekriegt, nur einmal hab ich gehört, wie sie »Mein Gott, Bella« gerufen hat. Ich hab die Namen *Carl* gehört und *Ellen,* so hat Tante Bella Ela immer genannt. Und dann hat sie was gesagt von *mit aller Gewalt ein Kind* und *kann sich nicht abfinden* und *Neurose. Krankhafte Verhaltensanomalie* hat in Tante Bellas Fremdwörterbuch gestanden, da hab ich am nächsten Tag heimlich nachgeguckt.

Ich hab Tante Bella dafür gehaßt, daß sie so was sagt über Ela. Daß sie überhaupt mit fremden Leuten über Ela redet, die kennen sie doch gar nicht, die wissen nicht, wie schön sie ist und wie nett und wie lustig sie sein kann. Tante Bella mag Ela einfach nicht, und ich glaub, mich auch nicht, weil ich Elas Kind bin, auch wenn ich ihr gar nicht ähnlich bin. Kann sein, daß sie Carl ganz gern hat, ich weiß es nicht genau, zu der Nachbarin hat sie gesagt, er ist ein *Pantoffelheld,* und daß er immer nur tut, was Ela will, daß er überhaupt keinen eigenen Willen hat. Und dann hab ich das Wort *Scheidung* gehört.

Ich hab mir die Bettdecke über den Kopf gezogen und einen Zipfel in den Mund gesteckt, ich wollte keine Luft mehr kriegen. Weil ich gedacht hab, jetzt lassen sie sich wirklich scheiden, und ohne Carl wird Ela noch viel unglücklicher sein, sie wird nur noch weinen und krank bleiben für immer.

Und noch viel schlimmer. Wenn sie sich scheiden lassen, hab ich gedacht, dann können sie mich vielleicht beide nicht mehr gebrauchen. Vielleicht holen sie mich gar nicht wieder ab, vielleicht sind sie längst froh, daß sie mich los sind, vielleicht haben sie überhaupt nie vorgehabt, mich zurückzuholen. Sie haben mich nicht mehr lieb. Vielleicht haben sie mich überhaupt niemals liebgehabt.

Ich wollte lieber sterben, als für immer bei Tante Bella bleiben und nach den Ferien wieder in diese fremde Schule müssen, wo ich allein an einem Tisch sitzen mußte und die Kinder so komisch gesprochen haben, daß ich sie nicht verstehen konnte. In der Pause auf dem Schulhof bin ich immer allein gewesen, und auf dem Heimweg bin ich absichtlich langsam und als letzte gegangen, damit die anderen nicht hinter mir herlaufen und über mich lachen.

Ich hab wirklich gehofft, ich kann aufhören zu leben, aber es hat nicht funktioniert mit dem Luftanhalten. Und ein paar Tage später sind sie beide gekommen, um mich wieder zu holen. Ela hatte extra für mich ihr schönstes Sommerkleid angezogen und ihre Haare hochgesteckt.

Wir haben gerade schwarze Johannisbeeren gepflückt, Tante Bella und ich, da sind sie in den Garten gekommen, Carl hat Ela vor sich hergeschoben, seine Hände um ihre Taille, und er hat Geräusche gemacht wie eine Lokomotive. Ich hab erst gedacht, ich träum, ich seh etwas, was es gar nicht gibt, wie eine Fata Morgana. Aber dann hat Ela die Arme ausgebreitet, und ich hab plötzlich gefühlt, wie mein Herz schlägt, und ich bin zu ihr gerannt und hab mich an ihr festgehalten.

Später hat Ela gesagt, ich hätte schrecklich geweint, aber daran kann ich mich nicht erinnern. Nur, daß ich sie den ganzen Tag anfassen mußte, ich hab immerzu ihre Hand gehalten, damit ich spür, sie ist wirklich da. Ich glaub, das war der allerschönste Tag in meinem Leben.

7

Sie sah überhaupt nicht mehr krank aus, sie war ganz braungebrannt und lachte und redete immerzu. Die Zeit vorher, das viele Weinen, der Streit, alles war vergessen. Ständig haben sie sich umarmt und gestreichelt und geküßt, auch im Auto, als wir nach Haus gefahren sind. Carl hatte mein Zimmer frisch gestrichen und einen Hund auf meine Tür gemalt, der lag da und schlief, erst hab ich wirklich gedacht, er ist echt. Und Ela hatte mir ein neues Kleid gekauft und auf meinem Bett ausgebreitet, fast hätt ich geheult, weil es so schön war, weiß und blau und mit Schleifen auf den Schultern. Ich hab es gleich angezogen.

Am Abend sind wir zusammen essen gegangen, Pizza und zum Nachtisch Bananensplit, und wieder haben sie sich immerzu angefaßt und geküßt, sogar im Restaurant. Carl hat mir versprochen, daß wir während der letzten Ferientage ganz viel zusammen unternehmen, Ausflüge machen mit Picknick und ins Kino gehen, zur Entschädigung für die Zeit bei Tante Bella, und Ela hat seine Hand genommen und gesagt: »Jetzt erzähl ihr doch endlich das Wichtigste.«

Carl hat gemeint, es ist noch zu früh, aber Ela hat gesagt, wenn er es nicht sagen will, dann läßt sie mich die Überraschung erraten. Und ich hab gefragt, ob die Überraschung lebendig ist und vier Beine hat und einen Schwanz, weil ich mir doch immer einen Hund gewünscht hab und Carl mir einen auf die Tür gemalt hatte, und Ela hat sich verschluckt beim Lachen.

»Zwei Beine sollten reichen«, hat Carl gesagt und mir zugezwinkert, aber ich hab nicht gewußt, was er damit meint, und Ela mußte dringend pinkeln von all der Lacherei. Als sie wieder zurückkam vom Klo, in ihrem grünen Kleid mit den kleinen weißen Blumen, und ihre Lippen waren frisch angemalt, und alle im Lokal haben ihr nachgeschaut, da hat sie mich angestrahlt und mir eine Kußhand zugeworfen und gesagt: »Wir werden endlich eine richtige große Familie sein, Lilly. Und ganz viel Spaß haben miteinander. Jeden Tag. Weil wir nämlich ein Kind zu uns holen werden.«

Ich hab erst mal nichts gesagt, weil mir nichts eingefallen ist. Zu uns holen, hab ich gedacht. Und was für ein Kind?

Ela hat schon wieder gelacht, weil ich so erschrocken geguckt hab. Dann hat sie es mir erklärt: Daß sie eigentlich vorgehabt haben, ein Kind zu adoptieren, aber das ist irgendwie nicht gegangen. Eins in Pflege zu nehmen ist fast das gleiche, hat sie gesagt, und daß sie am allerliebsten ein Baby will, und daß sie es vor allem für mich holen, damit ich nicht immer so allein bin und damit ich lern, Verantwortung zu tragen und mit anderen gut auszukommen. Und dann hat sie gefragt, ob ich mich freue.

Ich hab *ja* gesagt, um sie nicht zu enttäuschen, aber eigentlich hab ich nur gewollt, daß alles so bleibt wie an diesem Tag, daß sie immer nur lachen und sich küssen und umarmen, daß sie jeden Tag glücklich sind. Daß ich für immer zu ihnen gehör und nie wieder wegmuß. Daß ich nie wieder Angst haben muß, sie lassen sich scheiden. Und daß uns vielleicht irgendwann mal wenigstens eine Katze zuläuft, so eine wie Kasimir.

Ich glaub, Ela hat es sich genauso vorgestellt wie ich. Daß alles ganz einfach ist und wir dieses Baby im Handumdrehen bekommen können. Aber es war ziemlich kompliziert, sie mußte mit Carl mehrere Male zum Jugendamt und viele Formulare ausfüllen und Anträge schreiben. Einmal ist sie fast verzweifelt, sie hat vor all dem Papierkram gesessen und gesagt, sie kann nicht kapieren, warum sie diesen Schwachsinn ausfüllen muß. Daß sie nichts weiter haben will als ein kleines Kind, und wenn sie es nicht bekommt, dann muß es in irgend so einem schrecklichen Heim bleiben und wird von niemandem liebgehabt und lernt nichts Anständiges. Die vom Amt sollen froh sein, wenn sie das Kind da rausholt, und was die eigentlich an ihr auszusetzen haben. Oder an Carl. Eine Kindergärtnerin und ein Malermeister mit eigenem Betrieb, mit eigenem Haus und großem Hofplatz zum Spielen, was Besseres können die doch gar nicht kriegen, diese Korinthenkacker in den Behörden. Und daß sie gute Lust hat, den ganzen Papierkrempel wegzuschmeißen. Aber dann hat sie sich wieder eingekriegt und alles ausgefüllt und am nächsten Tag beim Jugendamt abgegeben.

Im September haben Ela und Carl diesen Antrag gestellt, aber erst Ende November haben wir Besuch vom Jugendamt gekriegt, an einem Freitagnachmittag. Ela war total aufgeregt vorher, sie hat das Haus geputzt und neues Geschirr gekauft und die Vorhänge gewaschen und ihre Haare. Kuchen hat sie gebacken mit einem Gitter aus Teig obendrauf, und ich durfte das Gitter mit Eigelb bestreichen, damit es glänzt, das haben wir nie wieder gemacht. An die Haustür hat sie einen Kranz gehängt, aus Misteln, mit einem roten Band drumrum, und Carl hat gesagt, er kann auch noch einen von diesen falschen Weihnachtsmännern holen, die wie die Blöden schon seit Oktober in der Stadt rumlaufen, der kann sich ins Wohnzimmer setzen und Gemütlichkeit verbreiten. Ela hat gesagt, er soll sich da raushalten, und hat ihn am Ohrläppchen gezupft.

Ich mußte mein Zimmer aufräumen, und Ela hat sich auf mein Bett gesetzt und den roten Lack von ihren Fußnägeln abgemacht. Dabei hat sie mir erklärt, wie ich mich benehmen soll, nicht mit dem Kuchen rumsauen und nicht reden, außer wenn ich gefragt werde, dabei hat sie genau gewußt, daß ich das sowieso nie tu. Aber ich sollte auf jeden Fall sagen, daß ich mir nichts so sehr wünsche wie ein Geschwisterchen. Sie war ziemlich hektisch, weil so viel davon abhing, wie diese Frau uns beurteilt.

Sie hieß Frau Ruland. Sie hat ganz viel Kaffee getrunken, aber vom Kuchen wollte sie nichts, sie hat gesagt, ins neue Millennium geht sie nur mit fünf Kilo weniger. Ich mußte ihr mein Zimmer zeigen und erklären, wo wir das zweite Bett hinstellen wollen, sie hat sich das ganze Haus angeguckt und die Werkstatt und den Hofplatz, sie hat sich sogar auf meine Schaukel gesetzt, ich hab Angst gehabt, die kracht runter. Ela und Carl haben dabeigestanden und mich an den Händen gehalten, und Frau Ruland hat gesagt, daß sie es nett bei uns findet, und sie hat Ela gefragt, wo sie den Stoff für die Küchengardine gekauft hat, weil sie den so apart findet, und dann hat sie doch noch ein Stück Kuchen gegessen. Dabei hat sie erzählt, daß sie schrecklich viel Arbeit hat, mit vollem Mund, weil zwei Kollegen ausgefallen sind, und daß sie nicht weiß, wo ihr der Kopf steht, sie hat total rumgejammert. Aber sie hat auch gesagt, daß sie sich mehr von solchen Familien wünscht, wie wir eine sind. Und sie hat mich gefragt, ob ich mich auf das Kind freu, und ich hab gesagt: »Ja. Sehr.«

Dabei hab ich gar nicht gewußt, ob ich mich wirklich freu. Ich hab nur Angst gehabt, wenn Ela keins kriegt, wird sie wieder so wie vor ihrer Krankheit, so furchtbar traurig. Und ich muß wieder zu Tante Bella.

Am ersten Advent ist Janina gekommen, sie hat das mit dem Pflegekind aber nicht so gut gefunden. Sie hat grundsätzlich ein Problem damit, hat sie gesagt, aber sie ist gar nicht dazu gekommen, das richtig zu erklären, weil Ela gleich gesagt hat: »Du traust es mir nicht zu, das meinst du doch, oder? Du denkst, ich bin eine schlechte Mutter.«

»Darum geht es doch gar nicht«, hat Janina gesagt, »aber denk doch mal nach. Überleg mal, was in diesem Jahr passiert ist bei euch.«

Ela hat gesagt, Janina soll erst mal selber ein Kind kriegen, dann kann sie vielleicht mitreden. Sie soll sich ihre Ratschläge sparen. Sie ist aus der Küche gegangen und hat die Tür zugeschlagen. Und gleich danach ist Janina wieder weggefahren, dabei hatten wir noch nicht mal den Adventskranz angezündet.

8

Die Polizistin hat mich gefragt, ob es mich stört, wenn sie raucht. Ich hab den Kopf geschüttelt, es ist mir egal, was sie tut, Hauptsache, sie fragt mich nicht ständig.

Sie hat sich an den Tisch gesetzt und kritzelt auf ihrem Block rum, mit links, genau wie Janina. Ela sagt, wer mit links schreibt, stellt sich auch im übrigen Leben quer und verbaut sich den Weg, weil man sich selber das Licht wegnimmt, mit der Hand über den Buchstaben, die man schreibt.

Als Frau Ruland wieder weg war, mußte Carl eine Flasche Sekt aufmachen, und ich durfte mit ihnen anstoßen, ich hab noch nie Sekt getrunken vorher, irgendwie ist er ziemlich schwer zu schlucken. Und Ela ist plötzlich ganz ernst geworden, ihre Augen haben geglitzert, und sie hat gesagt, daß wir eine große Verantwortung auf uns nehmen, weil wir jetzt ein Kind aussuchen und sein Schicksal bestimmen. Und daß wir uns die allergrößte Mühe geben müssen, einen heiteren und zufriedenen Menschen aus ihm zu machen, der ohne Probleme durchs Leben geht, auf einem geraden Weg.

Sie wollte immer noch am liebsten ein Baby. So eins, das eben erst die Augen aufgemacht hat und noch nicht weiß, wer seine Mutter ist. Aber das hat irgendwie nicht geklappt. Und dann hat sie sich überlegt, daß man bei einem größeren Kind besser sehen kann, was mal aus ihm wird. Zuerst haben sie alle blaue Augen, und erst später werden die Augen grün oder braun oder graublau, so wie meine, die hab ich von Carl geerbt. Sie können anfangs ganz schwarze Haare haben und später blond werden. Oder umgekehrt. Oder sie haben überhaupt keine Haare, wenn sie geboren werden, und man weiß nicht, was da dann später wächst. Und man sieht ihnen auch nicht an, ob sie klug werden oder Sonderschüler, man kann höchstens untersuchen, ob sie gesund sind, aber das reicht ihr nicht, hat Ela gesagt. Carl fand es sowieso besser, gleich ein größeres Kind zu holen, weil wir dann kein Geschrei im Haus haben und nachts nicht immerzu aufstehen müssen. Und Lust auf diese ewigen Windelgeschichten hat er auch nicht gehabt.

Meistens ist Ela allein losgefahren und hat erst mal geguckt. Sie hat gesagt, sie muß sich einen Überblick verschaffen und daß sie auf jeden Fall ein Kind aussucht, das zu mir paßt. Carl hätte auch ein schwarzes genommen oder ein indisches oder ein kleines Indianerkind, aber dann hat Ela immer gefragt, ob er unbedingt will, daß alle Leute stehenbleiben und sich das Maul zerreißen, wenn sie mit ihren Kindern irgendwo unterwegs ist. Weil die denken müssen, sie hat einen Liebhaber, und das zweite Kind ist von dem und nicht von Carl. Und sie hat ihn in den Bauch gekniffen, und er hat »Hilfe« geschrien, »die Frau bringt mich noch um«. Und dann haben sie sich schon wieder geküßt.

Eines Tages hat sie Carl mitgenommen, und ein paar

Tage später mußte ich auch mit. Wir sind zu einem Kinderheim am Stadtrand gefahren, es war ziemlich laut, ein paar Jungen tobten wie verrückt durch die Flure, und immerzu haben die Türen geknallt. Ela hat sich gut ausgekannt, sie hat uns ein paar Treppen hochgeführt zu einem großen Zimmer, da saßen kleine Kinder zwischen lauter Spielsachen, Bilderbüchern und Lego und einem Bauernhof mit Holztieren, so einem, wie ich ihn auch gehabt hab, als ich klein war. Die Tür stand offen, und wir haben vom Flur aus hineingeschaut, und Ela hat geflüstert: »Die Kleine mit den braunen Locken. Die ist doch süß, oder?«

Ich hab zuerst immer nur auf einen Jungen geguckt, der hat auf dem Fußboden gesessen und versucht, seine Schuhe auszuziehen. Er war ganz weiß im Gesicht und hatte einen komischen Mund, und aus seiner Nase lief gelber Schnodder bis zum Kinn, Carl hat mir später erklärt, das war eine Hasenscharte. Solche Kinder werden mit einer Spalte im Gesicht geboren, die muß dann zusammengenäht werden. Es gibt Mütter, die ihr Baby deswegen nicht behalten wollen.

»Sie ist vor ein paar Tagen fünf geworden«, hat Ela geflüstert. »Sie heißt Dagmar. Wie findest du sie?«

Mir ist die Dagmar aus der Klasse eingefallen, in die ich bei Tante Bella gehen mußte. Ich mochte die nicht, sie hat immer gedrängelt und geschubst, und einmal hat sie mir ihre Fanta in die Schulmappe gegossen, mit Absicht, und alles war verklebt, und Tante Bella hat dreimal gesagt, ich muß besser auf meine Sachen aufpassen.

»Ich weiß nicht«, hab ich gesagt. »Ich kenn sie doch gar nicht.«

Das Kind mit den braunen Locken sah niedlich aus, ganz anders als die Dagmar bei Tante Bella. Es war ziemlich klein, es saß an einem Kindertisch und malte mit Ölkreide Striche auf ein Blatt Papier, immer nur große Striche über das ganze Blatt, von rechts nach links, das ist mir gleich aufgefallen. Weil ich immer von links nach rechts male.

»Sie lispelt noch ein bißchen«, hat Ela gesagt. »Überhaupt hapert es noch mit dem Sprechen, aber das kriegen wir schon hin. Sie muß einfach gepäppelt werden.«

Plötzlich haben alle Kinder gemerkt, daß wir in der Tür stehen, und haben uns angesehen, und der Junge mit der Hasenscharte hat gesagt: »Ich bin der Oliver.« Es hat sich angehört, als wenn er eine Wäscheklammer auf der Nase hat.

»Ach. Du bist der Oliver?« hat Ela gesagt. »Das ist aber schön.« Sie ist ins Zimmer gegangen und hat Oliver die Nase geputzt, mit ihrem eigenen Taschentuch, und sie hat allen Kindern guten Tag gesagt, jedem einzelnen. Ganz zuletzt ist sie zu dem kleinen Mädchen mit den braunen Locken gegangen, hat sich danebengehockt und leise mit ihm geredet, und Carl und ich haben von der Tür aus zugesehen.

»Wir müssen sie natürlich erst mal kennenlernen«, hat Carl gesagt. »Aber ich denke, deine Mutter hat einen guten Blick. Was meinst du?«

Ich hab immer noch nicht gewußt, was ich sagen soll. Ich bin nur froh gewesen, daß sie nicht diesen Oliver ausgesucht hat.

9

Manchmal bin ich von der Schule schon zurück gewesen, bevor Ela aus dem Kindergarten gekommen ist. Wenn es nicht geregnet hat, hab ich mich im Hof auf die Schaukel gesetzt und darüber nachgedacht, wie es sein würde, eine Schwester zu haben. Und wie sie heißen soll, weil Ela gesagt hatte, ich darf den Namen aussuchen, ich ganz allein.

Ich hab mich gewundert, daß man das kann, einem Menschen einfach einen neuen Namen geben, aber Ela hat *Dagmar* genauso häßlich gefunden wie ich. Und außerdem wird für das Kind ein völlig anderes Leben anfangen, hat sie gesagt, alles kann nur besser werden, und es ist gut, wenn nichts mehr an das alte Leben erinnert, auch nicht der Name. Für das Jugendamt soll sie *Dagmar* bleiben, aber mit diesen Leuten werden wir nur selten was zu tun haben, die kommen höchstens drei-, viermal im Jahr vorbei und wollen dann nur wissen, ob alles glatt läuft.

Ich hab mir vorgestellt, wie wir zusammen spielen, meine neue Schwester und ich, und daß ich nie mehr allein bin. Dabei ist mir meine Lieblingspuppe eingefallen. Sie hat echte Haare gehabt und hieß Lotta und konnte die Augen auf- und zumachen, ich hab sie verloren, als wir mal im Kuschelzoo waren, auf dem Heimweg war sie einfach nicht mehr da, und ich hab furchtbar geheult. Einen Hund hätt ich nicht verlieren können, den hätt ich an der Leine gehabt.

Ela und Carl fanden den Namen Lotta schön. Daß er fröhlich klingt und gut zu meinem Namen paßt, haben sie gesagt, und auch zu unserem Nachnamen. »Lotta Jessen, Lotta Jessen«, hat Ela gesungen, »nicht vergessen, Lotta Jessen«, nach der Melodie von *Hänschen klein*.

Weihnachten und Silvester haben wir irgendwie gar nicht so richtig gefeiert, weil es viel wichtiger war, alles für Lotta vorzubereiten. »Nächstes Jahr sind wir dann zu viert«, hat Ela immerzu gesagt, »dann wird gefeiert, daß es nur so kracht. Darauf könnt ihr Gift nehmen.«

Ich glaub, wenn Carl nicht einfach einen Tannenbaum mitgebracht hätte, wär Ela sogar ohne Baum zufrieden gewesen, sie hat immer nur von Lotta geredet. Aber es hat noch ziemlich lange gedauert, bis wir sie endlich holen konnten. Ela ist jeden Tag zu ihr gefahren, auch Weihnachten und Silvester, und hat eine Stunde mit ihr gespielt, sie kennt mehr Spiele als andere Mütter, glaub ich, aber sie hat schließlich gelernt, wie man mit Kindern umgeht. Einmal hat sie mich gefragt, ob ich eifersüchtig bin, weil sie nachmittags immer bei Lotta ist, aber ich wollte keine Probleme machen und hab *nein* gesagt.

Ich hab Bilder aus Transparentpapier ausgeschnitten und in die Fenster gehängt, eine ganz dicke Sonne und Blumen und einen großen schwarzen Hund. Carl hat das zweite Bett in meinem Zimmer aufgestellt, und ich hab im Schrank Platz gemacht für Lottas Sachen. Carl hat eine Kiste gebaut, und da hab ich all meine alten Spielsachen reingetan, die noch gut waren, und auf die Kiste hab ich mit roter Farbe LOTTA gemalt. Und Ela hat für uns T-Shirts aus der Stadt mitgebracht, ein größeres für mich und ein kleineres für Lotta, beide vorn mit einer Sonne drauf. Ela hat schon morgens gesungen, wenn sie das Frühstück gemacht hat, und Carl hat gesagt, er will sich einen Bart wachsen lassen, damit er wie ein Vater von zwei Kindern aussieht und die Leute Respekt vor ihm haben. Aber Ela hat gesagt, das pikt beim Küssen, und wenn er sich nicht rasiert, schläft sie bei den Mädchen im Kinderzimmer.

Zu dritt haben wir sie abgeholt, am zweiundzwanzigsten Februar, ein Datum mit lauter Zweien, das kann man gar nicht vergessen. Ich durfte vorn neben Carl sitzen, obwohl ich noch lange nicht zwölf war, und Lotta saß hinten auf Elas Schoß, obwohl Carl extra einen Kindersitz eingebaut hat. Sie hat die ganze Zeit nichts gesagt, und Ela hat auf sie eingeredet, ganz leise und lieb, so, wie sie mit mir redet, wenn ich krank bin. Als wir zu Haus ausgestiegen sind, hat Lotta »Auto« gesagt und wollte wieder einsteigen. Aber Carl hat sie huckepack genommen und ins Haus getragen, und Ela hat zum Hermann-Schild raufgeguckt und gesagt: »Als nächstes kommt da oben ein Carl hin.«

Im Wohnzimmer hatten wir einen richtigen Gabentisch aufgebaut, mit Kerzen und einem Apfelkuchen mit Puderzucker drauf und Blumen und einem großen weißen Teddy, weil Ela wollte, daß dieser Tag für Lotta wie ein Geburtstag ist, der zweiundzwanzigste zweite. Lotta hat den Teddy genommen und nicht mehr losgelassen. Beim Kaffeetrinken hat sie ein bißchen Kakao draufgekleckert, und sie hat geweint, als Ela ihr den Teddy wegnehmen wollte, um ihn sauberzumachen. Carl hat gelacht und gesagt: »Liebe auf den ersten Blick. Das kenn ich«, und dabei hat er Ela angeschaut.

»Man muß es gleich wegmachen«, hat Ela gesagt, »sonst geht es nie wieder ab, wär schade um das schöne weiße Fell. Stimmt's, Lilly?«

Ich bin in die Küche gelaufen und hab einen Lappen geholt und den Fleck vom Teddy geputzt, Lotta hat ihn die ganze Zeit umklammert. Und Ela hat gesagt: »Du wirst ihr alles beibringen, du bist doch jetzt unsere Große.«

Abends mochte Lotta nicht in die Badewanne, sie wollte ihren Teddy nicht hergeben. Ela konnte sie erst ins Wasser kriegen, als ich schon drin war, den Teddy hat sie neben der Wanne auf einen Hocker gesetzt, Lotta brauchte bloß ihre Hand auszustrecken.

Sie war viel dünner als ich, man konnte ihre Rippen zählen, bestimmt hat sie im Heim nie genug zu essen bekommen. Ich hab ihr gezeigt, wie man sich die Nase zuhält und untertaucht, aber sie wollte nicht. Aber als ich mir ganz viel Schaum auf den Kopf getürmt hab, hat sie gekichert, und als sie mein kleines Gummikrokodil zum Spielen bekommen hat, war alles gut, sie ist richtig fröhlich geworden. Hinterher wollte Ela Lottas Fingernägel schneiden, sie hatte schon die kleine Schere aus dem Schränkchen genommen, aber dann hat sie gesagt: »Ach, ich glaub, das verschieben wir mal auf morgen.« Sie hat gewußt, daß Lotta das nicht gern hat, ich hab es auch nicht gemocht, als ich klein war.

Als wir in unseren Betten lagen, hat Carl uns eine Gutenachtgeschichte vorgelesen, er hat auf meiner Bettkante gesessen und Ela bei Lotta, und der Teddy lag neben Lotta unter ihrer Decke, nur sein Kopf hat rausgeguckt. Ich glaub, das war das erste Mal, daß ich nicht richtig zugehört hab. Ich mußte immerzu darüber nachdenken, wie komisch es ist, plötzlich eine Schwester zu haben. Die immer immer immer da ist. Es war ganz anders, als ich mir vorgestellt hatte, und plötzlich bin ich irgendwie traurig geworden und hab mir gewünscht, Ela und Carl sitzen beide bei mir auf meinem Bett, so wie sonst immer.

Dann hab ich überlegt, wer wohl zuerst einen Gutenachtkuß bekommt, Lotta oder ich, und von wem. Erst immer Lotta, weil ich jetzt die Große war? Oder würden sie abwechseln? Mal Lotta zuerst, mal ich? Wenn wir ein Baby bekommen hätten, wär alles anders, dann würden wir alle zusammen es schlafen legen, und wir alle würden es küssen. Aber Lotta war kein Baby, Lotta war so, wie ich fünf Jahre davor gewesen war, nur viel kleiner als ich damals, und dünner, und sie konnte nicht so gut sprechen. Das liegt daran, daß man sie nicht gefördert hat, hatte Carl gesagt, in einem Vierteljahr ist sie groß und mopsig und plappert wie nichts Gutes.

Ich bin mitten in der Geschichte aufgestanden und zu Lotta gegangen und hab ihr einen Kuß gegeben, ich hab gesehen, wie Ela sich darüber gefreut hat. Dann hab ich Ela geküßt und dann Carl. Und dann bin ich wieder in mein Bett gegangen und hab gedacht, so mach ich das jetzt immer. Damit ich nicht traurig bin, weil ich immer als letzte drankomm mit dem Küssen.

Ela wollte, daß Lotta ihre Hände faltet zum Beten, aber Lotta mußte den Teddy festhalten. Da hat Ela ihre Hände auf Lottas Hände und den Teddy gelegt und unser Gebet gesprochen, *Lieber Gott, mach mich fromm, daß ich in den Himmel komm, Amen.* Und erst dabei ist mir eingefallen, daß ich zum ersten Mal seit Elas Krankheit in unserer Badewanne gesessen hab, ohne an das viele Blut zu denken. Und ich hab es nur noch gut gefunden, daß Lotta jetzt bei uns war.

10

Die Polizistin telefoniert schon wieder, dieses Mal ist sie nicht aus dem Zimmer gegangen, ich glaub, sie spricht mit ihrem Sohn. Er soll sich dann die Nudeln aufwärmen, sagt sie, und daß sie garantiert länger bleiben muß, ein Notfall. Dabei guckt sie zu mir rüber, ich tu, als hätt ich nichts gehört.

Nudeln waren Lottas Lieblingsessen, kleine Hörnchen mit Tomatensoße. Aber kein Käse, und der Teddy mußte immer neben ihr sitzen. In der ersten Zeit haben wir bestimmt jeden zweiten Tag Nudeln gegessen, Carl hat gesagt, ihm wachsen schon kleine Hörnchen aus den Ohren. Er hat damals oft Späße gemacht, manchmal hat er Blumen mitgebracht für Ela, und sie hat Fleisch gebraten, extra für ihn. Wegen Lotta hat sie sich zwei Wochen Urlaub genommen, und Carl hat manchmal nur halbe Tage gearbeitet, dann ist er schon zu Haus gewesen, wenn ich aus der Schule gekommen bin.

Einmal bin ich dazugekommen, wie sie alle drei hinten im Hof rumgerannt sind und *Hollahups* gespielt haben, sie hatten Lotta angefaßt und schrien *holla holla holla holla,* und bei *hups* haben sie Lotta hochgezogen und zwischen sich einen riesigen Sprung machen lassen, sie ist erst nach ein paar Metern wieder auf den Boden gekommen, so leicht ist sie gewesen, und sie hat gekreischt vor Freude. Sie haben mich gar nicht gesehen, sie sind immer nur gerannt und haben Lotta fliegen lassen. Irgendwie war das komisch, weil ich ganz vergessen hatte, daß sie das früher auch mit mir gemacht haben. Und dann hab ich gesehen, daß Lottas Teddy irgendwo im Sand lag, sie hatte ihn total vergessen. Ich glaub, damals bin ich zum ersten Mal eifersüchtig gewesen. So richtig. Kein gutes Gefühl.

Ich glaub, es war ziemlich bald danach, da hat sie mein Matheheft zerrissen, ich hab gewußt, sie hat es nicht böse gemeint, aber ich bin furchtbar wütend geworden. Wir sollten Noten dafür kriegen, ich hab mir extra Mühe gegeben, daß nichts gekillert ist und alles sauber aussieht, ich hätte bestimmt eine Eins gekriegt. Carl hat mir eine Ohrfeige gegeben, zum ersten Mal in meinem Leben, weil ich Lotta so angebrüllt hab, und dann hat Ela Carl gehauen, weil er mich geschlagen hat, sie haben sich angeschrien, und ich hab geweint. Alles nur wegen Lotta, und sie hat hinterher Schokolade bekommen von Ela, ich nicht.

Mir hat sie erklärt, daß wir Rücksicht nehmen müssen. Wenn Lotta mal aus Versehen irgendwas Dummes tut, dürfen wir sie nicht auszanken, weil sie sonst Angst bekommt vor uns. Sie hat meine Mathelehrerin angerufen und gesagt, daß mein Heft aus Versehen im Altpapier verschwunden ist, und ich brauchte es nicht nachzuarbeiten, weil ich gut in Mathe bin.

Am Tag danach ist Ela wieder in den Kindergarten gegangen, sie hat Lotta mitgenommen. Carl hat mich zur Schule gebracht, das hat er sonst nie getan. Unterwegs hat er sich bei mir entschuldigt, wegen der Ohrfeige. Er hat gesagt, im Moment geht es ihm nicht so gut, wahrscheinlich ist er deswegen ausgerastet. Aber ich soll Ela nichts davon sagen, das wird vorbeigehen, hat er gesagt. Ich hab ihn gefragt, ob er krank ist, da hat er gelacht und gesagt, er kann nur die Farben nicht mehr riechen nach so vielen Jahren, jeden Tag Farbe in der Nase ist genauso schrecklich wie jeden Tag Hörnchennudeln essen müssen. Und dann hat er mich gefragt, wie ich es mit Lotta finde. »Jetzt mal ehrlich, Lilly«, hat er gesagt und ist stehengeblieben. Er wollte es wirklich wissen.

Ich hab lieber erst gar nicht nachgedacht, ich hab mir nur ganz kurz die Badewanne vorgestellt. Und dann Ela, wie sie lacht und durchs Haus läuft und ihre Rabenhaare fliegen läßt. Wie glücklich sie jetzt immer ist. Und wie gut das ist für Carl. Und für mich. »Gut«, hab ich gesagt. »Ehrlich.«

Er hat auf meine Nase getippt und gesagt: »Soll ich dir mal ein Geheimnis verraten?«

»Ja.«

»Du bist und bleibst meine Lieblingstochter. Aber nicht weitersagen.«

Er hat das auch früher schon gesagt, ich hab immer darüber gelacht und mich gefreut. Aber dieses Mal mußte ich an Lotta denken, weil sie niemanden hat, der so was zu ihr sagt. Deswegen hab ich gesagt: »Und du bist mein Lieblingsvater, und Ela ist meine Lieblingsmutter, und Lotta ist meine Lieblingsschwester.«

»In Ordnung«, hat er gesagt. »Und wenn du mal irgendeinen Kummer hast, sagst du es mir. Versprochen?«

»Du aber auch«, hab ich gesagt, und dann haben wir uns

mitten auf der Straße die Hand gegeben und sind weitergegangen.

Er hat es mir trotzdem nicht gesagt. Das mit der Farbe, die er nicht mehr riechen konnte, war viel schlimmer, er ist immer öfter zu Haus geblieben, weil ihm dauernd schlecht war und sein Kopf weh getan hat, an manchen Tagen ist er gar nicht aufgestanden. Und dann ist der eine Geselle zu einer anderen Malerfirma gegangen, und der andere Geselle und der Lehrling wurden mit der vielen Arbeit nicht fertig, und Carl mußte arbeiten, obwohl ihm schlecht war und alles weh tat, manchmal bin ich nachts von seinem Husten aufgewacht. Zu mir hat er gesagt, eine Sommergrippe, mehr nicht, bei manchen Leuten kann die wochenlang dauern.

Einmal hab ich mit Lotta draußen unterm Küchenfenster gesessen und eine Mütze für ihren Teddy gehäkelt, da hab ich mitgekriegt, wie er vom Arzt zurückgekommen ist und drinnen zu Ela gesagt hat, daß er nicht weiß, wie es weitergehen soll mit seiner Lunge, weil die Farben Gift für ihn sind. Und Ela hat gesagt, wenn Lotta nicht wär, würde sie sich einen anderen Kindergarten suchen, wo sie den ganzen Tag arbeiten kann und mehr Geld verdient, damit Carl in aller Ruhe gesund werden kann.

Das hat sich irgendwie schrecklich angehört, ich hab gedacht, bestimmt fängt Lotta jetzt an zu heulen, weil sie ein Bremsklotz ist für Ela und Carl, aber sie hat überhaupt nichts mitgekriegt. Sie hat nur auf meine Finger geguckt, sie hat sowieso nie zwei Sachen zur gleichen Zeit getan. Wenn sie gegessen hat, hat sie nie zugehört, was die anderen geredet haben. Und wenn man sie angestoßen hat, damit sie eine Frage beantwortet, hat sie aufgehört zu essen. Sie hat sogar immer erst ihre Gabel hingelegt. Damals jedenfalls.

Carl hat ganz lange nichts gesagt, ich hab nur gehört, wie drinnen die Töpfe geklappert haben. Und dann hat er gefragt: »Und der Betrieb?«

»Gott, der Betrieb«, hat Ela gesagt, »der war doch immer ein Kuckucksei, der Alte hat ihn dir einfach aufs Auge gedrückt. Oder hat er dich je gefragt?« Und dann hat es sich so angehört, als wenn sie etwas in die Spüle schmeißt, einen Löffel vielleicht.

Carls Antwort hab ich nicht verstanden. Wenn Ela über seinen Vater geredet hat, ist er immer ganz leise geworden. Und ich hab mir meinen Großvater Hermann als einen riesigen gestreiften Kuckuck vorgestellt, mit einem dicken Ei zwischen den Krallen, und wie er über unserem Haus in der Luft kreist und abwartet, bis Carl auf den Hof kommt. Und dann schießt er runter und drückt Carl das Ei aufs Auge, und das Ei platzt auf und macht Carl krank.

11

Tante Bella hat immer gesagt: »Ordnung ist das halbe Leben, und die andere Hälfte heißt Lernen. Lernen aber heißt: sich konzentrieren.« Ich glaub, ihre Klavierschüler sind gern zu ihr gegangen, obwohl sie so streng war. Zwei waren dabei, die konnten richtig gut spielen, denen hab ich am liebsten zugehört, vom Garten aus. Und einmal hat ein großes Mädchen sich bei ihr bedankt und gesagt, daß sie ohne den Unterricht bei Tante Bella nie so weit gekommen wär.

Bei Tante Bella hab ich komische Sachen gelernt, ganz andere als bei Ela und Carl. Am Anfang hab ich überhaupt nicht gewußt, wie sie mich haben will. Einmal hab ich ihr einen Blumenstrauß gepflückt im Garten, sie hat sich bedankt dafür und gesagt, daß ich es bestimmt gut gemeint hab, aber Blumen abschneiden findet sie nicht in Ordnung. Blumen gehören nicht ins Haus, hat sie gesagt, sie gehören nach draußen in die Luft und in die Sonne. Als ich gefragt hab, warum sie dann immer ihre Hecke schneidet, hat sie geschnauft und gesagt, daß ich vollkommen recht hab, aber daß sie auf die Fußgänger und Radfahrer Rücksicht nehmen muß, die kommen sonst nicht vorbei, und sie kriegt einen Prozeß an den Hals. Und dann hat sie mir erzählt, daß jede Pflanze ein Gedächtnis hat für das, was wir ihr antun. Und daß sie jedesmal, wenn sie die Hecke schneidet, das Gefühl hat, die Büsche weichen ein kleines Stück zurück vor ihr und ihrer Schere. Daß sie sich dann immer entschuldigt.

Sie hat nie Fleisch gegessen und nicht mal Fisch und auch keine Eier. Als ich ihr erzählt hab, daß wir in der Schule gelernt haben, man braucht unbedingt Fleisch, um gesund zu bleiben, hat sie gesagt, das ist Unfug, ich soll nicht alles glauben, was man mir sagt. Und daß die Welt ganz anders aussehen würde, wenn alle Menschen Vegetarier wären, nämlich schöner und friedlicher. Und besser riechen würde es auch überall, vor allem in den Klos.

Das mit der Ordnung versteh ich inzwischen besser. Ich glaub, Tante Bella hat damit mehr gemeint als nur Sachen aufräumen und die Schulmappe packen und das Waschbecken scheuern, wenn beim Zähneputzen Zahnpasta runterkleckert und so weiße Hubbel macht. Man muß auch in seinen Gedanken Ordnung schaffen, aber ich weiß nicht, wie ich das anstellen soll. Wenn man Matheaufgaben löst, ist das ganz einfach, man macht Schritt für Schritt bis zur Lösung, Punktrechnung vor Strichrechnung, aber vorher noch die Klammer, und man muß an nichts anderes denken dabei. Aber wie das mit Lotta war und mit Ela und Carl, das ist in meinem Kopf wie ein großer Haufen von Bindfäden, die alle verknotet und verfitzt sind, und meine Fingernägel brechen ab, wenn ich sie auseinanderfummeln will. So wie zu Weihnachten, wenn wir nach der Bescherung das Einwickelpapier glatt machen, weil Carl immer sagt, es ist zu schade zum Wegschmeißen, und ich muß immer die Knoten aus den Bindfäden und aus den Schleifen machen, weil ich die kleinsten Finger hab. Als Lotta kam, mußte ich es auch wieder machen, dabei hat sie viel kleinere Finger als ich. Aber sie konnte es nicht.

Wenn ich jetzt den *Frühling* dabeihätte, könnt ich besser nachdenken, aber mein Walkman liegt auch auf meinem Nachttisch, neben der neuen Uhr, ich hab ihn nie mit in die Schule genommen, damit ihn mir keiner wegnimmt und kaputtmacht. Außerdem hab ich schon wieder Hunger, und wenn ich hungrig bin, kann ich mich nicht konzentrieren.

Ela muß auch immer einen Happen zwischendurch haben, sonst bekommt sie Kopfweh. Bestimmt kriegt sie nichts, da, wo sie jetzt ist, bestimmt hat sie Kopfweh und ist traurig. Ich könnte die Polizistin fragen, vielleicht weiß sie, ob Ela und Carl wenigstens beieinander sein dürfen. Aber sie hat eine Zeitung aufgeschlagen, und solange sie liest, stellt sie keine Fragen.

In meinem Rucksack ist noch ein Apfel, aber wenn ich aufsteh und ihn mir hol, hört sie garantiert auf zu lesen. Vielleicht kann ich den Hunger einfach vergessen, wenn ich an was anderes denk.

Lotta hat ganz vieles nicht gekonnt, am Anfang hat Ela immer gesagt, das kriegen wir schon hin. Aber als Carl krank geworden ist, hat sie das nicht mehr so oft gesagt, und wenn Lotta mal ins Bett gemacht hat, hat sie nur ihren Mund zusammengekniffen und das Bett abgezogen. Einmal hat sie auch den Teddy mit in die Waschmaschine gesteckt, weil er ganz naß war morgens, Lotta hat geheult und sich vor die Maschine gesetzt und wollte nicht mit in den Kindergarten, weil sie den Teddy nicht mitnehmen konnte. Ela hat gesagt, sie kriegt die Krätze, wenn sie noch einmal das Wort *Teddy* hört. Mittags hat sie dann erzählt, daß es schrecklich peinlich gewesen ist, weil Lotta die ganze Zeit im Kindergarten nur rumgebockt hat. »Was meinst du, was meine Kolleginnen von mir denken«, hat sie gesagt. »Daß ich nicht mit Kindern umgehen kann, oder was.«

Den ganzen Nachmittag hat der Teddy im Hof an der Wäscheleine gehangen, aber so hoch, daß Lotta nicht drankam. Sie hat unter ihm gestanden und zu ihm raufgeguckt, und Ela hat gesagt: »Das muß sie jetzt mal lernen. Daß man nicht immer alles haben kann.« Ich glaub aber, Lotta hat das längst gewußt.

Ela war auch mit Carl ziemlich ungeduldig, sie wollte, daß er den Betrieb verkauft und einen anderen Beruf lernt. Aber er wollte nicht, weil alles zusammenhing, das Haus und die Werkstatt und der Hof. Dann ist alles weg, hat er gesagt, auf einen Schlag. Und daß es ein gutes Haus ist, er ist da groß geworden und will nicht woanders hin. Und Ela hat gesagt, er steht immer noch unter der Fuchtel von seinem Vater.

Ich hab gefragt, was eine Fuchtel ist, und sie hat gesagt, eine Art Stock oder eine Peitsche, genau hat sie es auch nicht gewußt, aber sie hat das Wort trotzdem immer wieder benutzt. Und Carl ist jedesmal zusammengezuckt, als wenn sie ihn wirklich mit einer Peitsche geschlagen hätte, oder zumindest geknallt. Ich hab mich gewundert, daß ein Wort wie eine Peitsche funktioniert, oder wie ein Stock, obwohl es doch nur ein Wort ist.

Von Janina weiß ich, daß Ela immer die Beste sein will, schon als kleines Mädchen hat sie es nicht vertragen, wenn sie nicht als erste drankam. Wenn Janina Geburtstag gehabt hat und die Hauptperson war, hat Ela den ganzen Tag nur rumgemault. Aber Janina hat auch gesagt, sie kennt niemanden, der sich so freuen kann wie Ela, wenn alles so läuft, wie sie sich das vorgestellt hat. Und daß sie Berge versetzen kann, wenn sie ein bestimmtes Ziel hat. »Sie ist nun mal besonders schön«, hat Janina gesagt, »und schönen Menschen wird seltener etwas abgeschlagen als Leuten mit Kartoffelnasen und abstehenden Ohren.«

Letztes Jahr am Tag nach meinem Geburtstag hat Ela sich besonders schön gemacht. Es war schon so warm wie im Sommer, und sie wollte mit Carl zum Essen gehen, in ein Restaurant, wo man draußen sitzen kann und gute Luft für ihn ist. Sie hat den weiten schwarzen Rock angezogen, der immer so um ihre Beine wippt, und eine neue Bluse, die fast durchsichtig war, darunter hat sie einen Unterrock in der gleichen Farbe wie ihre Haut angehabt. Als sie ihren Gürtel zumachen wollte, hat sie gemerkt, daß er nicht mehr paßt, mit der Nagelfeile mußte sie ein neues Loch reinbohren, weil sie so dünn geworden war. Lotta und ich haben inzwischen alle Haarspangen aus dem Kästchen mit den Vögeln auf dem großen Bett ausgebreitet, und ich hab zu Lotta gesagt, sie darf bestimmen, mit welchen Spangen Ela sich die Haare hochstecken soll.

Aus Versehen hat Lotta die eine Spange mit den Glitzersteinchen runterfallen lassen und ist draufgetreten, und Ela hat die zerbrochene Spange gesehen, bevor ich sie verstecken konnte. Ich hab gedacht, jetzt schimpft sie Lotta aus und verliert ihre gute Laune, die Haarspangen mit den Glitzersteinchen waren die schönsten und haben viel Geld gekostet. Aber sie hat nur ganz kurz diesen Kneifzangenmund gemacht, dann hat sie gelacht und gesagt: »Lotta, Lotta. Immer schön aufpassen, Mäuschen.« Und mich hat sie gefragt, ob sie mich wirklich mit Lotta allein lassen kann, ob ich das schaffe.

»Natürlich«, hab ich gesagt.

Sie hat mir einen Kuß gegeben und »na fein« gesagt, und daß sie höchstens zwei Stunden wegbleiben und daß ich schön auf Lotta aufpassen und ihr bloß nichts mehr zu trinken geben soll. Und daß sie mir am nächsten Tag vielleicht etwas ganz besonders Schönes erzählen kann, ich soll ihr die Daumen drücken, daß es klappt.

Was denn klappen soll, hab ich gefragt.

Sie hat mich geheimnisvoll angelächelt und mit beiden Händen ihre Rabenhaare zusammengenommen und hinten am Kopf in einem gedrehten Bausch hochgehalten, ihre Armbänder sind bis zu den Ellenbogen gerutscht und haben geklingelt, an den Innenseiten waren ihre Arme viel heller als an den Außenseiten. Nie im Leben werd ich so schön sein wie sie.

Am nächsten Morgen hat sie Lotta und mir beim Frühstück erzählt, daß Carl eine Umschulung machen will, weil er nicht mehr als Maler arbeiten kann, wegen der Farben. Und daß wir umziehen. In eine andere Gegend, in ein anderes Haus. Und daß wir einen richtigen Garten haben wollen.

»Aber wir haben doch ein Haus«, hab ich gesagt. »Und den Hof. Wir brauchen keinen Garten.« Weil ich daran denken mußte, was Tante Bella über die Pflanzen gesagt hat und ihr Gedächtnis. Im Hof hatten wir nur einen einzigen Kübel, mit Buchsbaum, aber Ela hat bestimmt jede Woche an ihm rumgeschnitten.

Sie hat ein Gesicht gemacht, als wenn ihr etwas anbrennt auf dem Herd. »Dieses Haus hier? Doch eine dunkle Bruchbude. Wir verkaufen es einfach. Und fangen ganz neu an.«

Sie hat erwartet, daß ich mich freu, aber ich hab mich nicht gefreut, und ich konnte auch nicht so tun, so plötzlich. »Ich find es hier schön«, hab ich gesagt.

Sie hat gesagt, ich soll nur abwarten, und daß ich bestimmt begeistert bin, wenn ich ein neues Zimmer und ein Blumenbeet ganz für mich allein hab. Und dann hat sie noch gesagt, daß wir vielleicht irgendwann einmal auch an einen Hund denken können.

Genau in dem Moment ist Carl in die Küche gekommen, noch ganz verschlafen, und Ela ist aufgesprungen und hat in seinen Haaren rumgewuschelt. »Sehnsucht?« hat sie gefragt. »Oder warum träumst du nicht noch ein bißchen weiter.«

»Sehnsucht«, hat er gesagt. »Nach meinen drei schönen Frauen.« Über Elas Schulter hat er Lotta und mir zugezwinkert, und seine Hände hat er auf Elas Po gelegt.

Lotta hat dem Teddy ihr angebissenes Honigbrot vor die Schnauze gehalten und gesagt: »Nicht weggehen, Teddy. Ssön essen. Ssön hierbleiben.«

Und ich hab an einen Hund gedacht. Genau so einen wie auf meiner Tür, aber wach und lebendig.

12

Von da an hat Ela jeden Tag zwei Zeitungen gelesen, und an ein paar Wochenenden hat sie Lotta und mich mitgenommen, wenn sie Häuser angeguckt hat. Carl ist nie mitgekommen, er muß das Haus auf Vordermann bringen für den Verkauf, hat er gesagt. Und daß er es Ela überläßt, das Richtige für uns zu finden.

Zweimal hat Lotta die ganzen Rücksitze vollgespuckt, danach durften wir nicht mehr mit. Ela hat gesagt, wenn sie irgendwo mit einem vollgekotzten Auto und zwei heulenden Blagen auftaucht, kann sie sich jedes Haus abschminken, man wird sie gar nicht erst reinlassen, weil sie so stinkt.

Der Teddy mußte jedesmal wieder in die Waschmaschine, aber ich hab es hingekriegt, daß ich die Wäsche aufhängen konnte, ich hab den Teddy dann immer auf einem Hocker in der Sonne trocknen lassen, damit Lotta ihn anfassen kann. Er ist bei jeder Wäsche ein bißchen kleiner geworden und sein Fell immer klumpiger, aber Lotta hat das nicht gestört. Der Teddy war bei allem dabei, wenn sie gegessen hat, saß er auf ihrem Schoß, wenn sie in den Kindergarten ging mit Ela, guckte sein Kopf aus ihrem Rucksack raus, und wenn sie aufs Klo ging, hockte er auf dem Waschbecken. Ich glaub, sie wär eher nackt aus dem Haus gegangen als ohne den Teddy.

Über Pfingsten haben wir alle im Haus rumgeputzt und alten Krempel weggeworfen, bis auf Lotta, die durfte zugucken, die ganzen Ferientage sind dabei draufgegangen. Bald danach hat Ela an einem Abend Würstchen mitgebracht und zum Nachtisch für jeden ein Stück Kuchen, Pflaume mit Streuseln, ein Stück ist beim Auspacken zerbrochen, weil sie so aufgeregt war, Carl hat es gegessen. Und sie hat gesagt: »Ich hab unser Traumhaus gefunden.« Sie hat es nicht gesagt, sie hat es gesungen.

Sie hat ihre Schuhe weggeschleudert und ganz viel und ganz schnell erzählt, in Niederbroich, ungefähr eine Autostunde Richtung Norden, gute Luft, ein Haus in einer ruhigen Straße, vier Zimmer und eine Terrasse nach Süden und eine große Küche und ein riesiger Keller, in dem Carl basteln kann und eine Tischtennisplatte aufstellen, damit die Mädchen Bewegung haben, Lotta braucht dringend Bewegung, hat sie gesagt, ihre Muskulatur ist viel zu schwach. Und eine Garage und ein Garten, fast zweitausend Quadratmeter, ein Wahnsinnsapfelbaum und Beerensträucher und Rosen. Und ein Gartenhäuschen. Und ein Kindergarten, wo sie bestimmt Arbeit findet, und eine Grundschule, und zum Gymnasium im Nachbarort fährt ein Schulbus, besser kann man es sich nicht vorstellen. Die ganze Gegend ist irrsinnig schön, hat sie gesagt, und daß Carl sich vielleicht wieder ein Motorrad kaufen kann, sie fährt auch mit, wenn er auf Spritztour geht.

»Dein Ernst?« hat Carl gesagt. »Ein Motorrad?«

Sie ist ihm um den Hals gefallen und hat sein ganzes Gesicht abgeküßt und die Ohren auch. Sie hat genau so glücklich ausgesehen wie an dem Tag, als sie mich bei Tante

Bella abgeholt haben, und die Würstchen sind im Topf geplatzt, weil niemand aufgepaßt hat, ich hab nach meinem Hund gefragt, und Carl hat von Motorrädern geredet, und Ela hat immer nur das Haus beschrieben und den Garten, und Lotta hat mit ihrem Löffel auf den Tisch geklopft, bis Carl gesagt hat: »Jetzt mal Ruhe hier. Wieviel Miete?«

Einen Moment lang hat man nur das Klopfen von Lottas Löffel gehört. Ela hat ihn ihr aus der Hand genommen und gesagt: »Na ja. Schon ein bißchen mehr als geplant.« Sie hat ein Würstchen kalt gepustet und Carl damit gefüttert und gesagt, wenn wir sparsam sind, schaffen wir es mit links. Dafür haben wir dann ein schönes Haus und gute Luft und brauchen nie in Urlaub zu fahren. Und seine Lunge kann aufatmen.

Carl hat nur gekaut und geschluckt, ich hab gemerkt, daß er nicht einverstanden ist. Ela hat mit ihrem Finger über seine Lippen gestrichen und ihre Augen zugemacht, sie hat ganz lange Wimpern, die sind von Natur aus kohlschwarz, ihr Gesicht ist ganz dicht vor seinem Gesicht gewesen, und sie hat irgendwas geflüstert, ich konnte es nicht verstehen. Dabei hat sie ihren Finger zwischen seine Lippen geschoben und hat ihn bewegt, nur ein kleines bißchen, und da hat sich sein Gesicht irgendwie verändert. Er hat ihre Hand festgehalten und den Finger geküßt und gesagt: »Also gut. Du bist schließlich der Finanzminister.«

Sie hat ganz laut »Oh, Carl« gerufen und ihn abgeknuddelt und durchgekitzelt, und er hat Lotta und mich zu Hilfe gerufen und hat wieder geschrien: »Diese Frau bringt mich noch um.«

Am nächsten Tag hat Ela ihre Haare hochgesteckt, und

wir sind alle zusammen nach Niederbroich gefahren. Das Haus war schon leer geräumt, eine alte Frau hat da gewohnt vorher, sie hat uns alles gezeigt und war froh, daß Carl die Renovierung übernehmen wollte. Im Garten hat sie Himbeeren gepflückt, eine Handvoll für Lotta und eine Handvoll für mich.

Aber Lotta wollte die Himbeeren nicht, sie wollte überhaupt nichts essen oder trinken. Carl mußte sie die ganze Zeit auf dem Arm tragen, wenn er sie absetzen wollte, hat sie geplärrt, und die ganze Zeit hat sie den Teddy an sich gepreßt. Ela ist geduldig geblieben, aber ich hab gemerkt, daß sie sich geärgert hat, sie hatte Lotta extra ein schönes Kleid angezogen und ihr zum Frühstück nur Tee und Zwieback gegeben, damit sie keine Probleme macht.

Auf dem Heimweg hat Lotta gekotzt, wir sind mit offenen Fenstern gefahren, weil es so gestunken hat. Ela hat diesen Kneifzangenmund gemacht, und zu Haus hat sie den Teddy zusammen mit Lottas Kleidern in die Waschmaschine gesteckt, und als er wieder rauskam, hat er nur noch ein Auge gehabt. Ich hab ganz lange in der Trommel rumgesucht, aber das zweite Auge war weg, als hätte es sich in Luft aufgelöst.

Wir haben alle Angst gehabt, Lotta würde schreien wie am Spieß, aber als ich ihr den feuchten Teddy ans Bett gebracht hab, hat sie kein Wort gesagt. Sie hat die Arme ausgebreitet, und ich hab ihr den Teddy reingelegt, und sie hat ihn an sich gedrückt und ihr Gesicht auf seinen Kopf gedrückt. Es war ihr völlig egal, wie er aussieht, sie ist nur froh gewesen, daß sie ihn wiederhat.

13

Wenn ich allein sein könnte. Ich kann nicht denken, wenn die Frau mit den roten Haaren mich immer so anstarrt, sie hat die Zeitung zusammengefaltet, bestimmt will sie mich jetzt wieder ausfragen. Ich sag, ich muß aufs Klo. Sie springt sofort auf und fragt, ob mir übel ist.

Sie will bestimmt nicht, daß ich alles vollkotz, so wie Lotta. Eine Zeitlang hat sie andauernd gekotzt, und immer im falschen Moment, aber ich weiß nicht, ob es fürs Kotzen einen richtigen Moment gibt. Vielleicht läßt sie mich in Ruhe, wenn ich *ja* sag.

Sie bringt mich ins Klo und will auf mich warten.

»Bitte nicht«, sag ich, sie soll denken, es ist mir peinlich, wenn sie zuhört.

»Aber du rufst mich, wenn du Hilfe brauchst«, sagt sie und geht raus.

Ich geh in eine Kabine und verriegel die Tür, plötzlich wird mir ganz kalt. Es hilft überhaupt nicht, daß ich mich ganz steif mach, meine Beine wackeln, und meine Zähne klappern aufeinander. Bestimmt passiert mir das jetzt, weil ich gelogen hab, mir war ja gar nicht schlecht. »Kleine Sünden bestraft der liebe Gott sofort«, hat Tante Bella gesagt. Ich setz mich auf den Fliesenboden, er ist kalt, ich leg mir die Arme um die Schultern und mach mich so klein wie möglich, vielleicht wird mir dann wieder warm.

Die Kloschüssel stinkt, ich muß durch den Mund atmen und die Nase zukneifen. Und die Augen zumachen, weil da lauter gelbe Punkte sind, auf dem Boden und am Klo. Ich will nicht, daß mir schlecht wird.

Bei Lotta kam es in einem hohen Bogen raus, an unserem Umzugstag. Wir wollten gerade los, Carl war schon mit dem Möbelwagen vorausgefahren, und Ela hat noch das alte Haus geputzt für die Käufer, die wollten zwei Tage später einziehen. Sie hat Lotta und mich in den Hof geschickt, wir sollten warten, bis sie fertig ist.

Ich hab Lotta auf die Mauer gehoben und mich neben sie gesetzt, ich wollte mir noch mal alles angucken, unsere Straße, die Häuser gegenüber und die Leute, die vorbeikamen, manche hab ich vom Sehen gekannt. Ela hat gesagt, an diesem Tag fängt ein neuer Lebensabschnitt für uns an, und ich wollte mir den alten Abschnitt einprägen, damit ich mich später an ihn erinnern kann. Aber Lotta hat die ganze Zeit rumgejault, ich konnte mich nicht besonders gut konzentrieren.

Sie ist die ganzen Wochen vorher schon unleidlich gewesen, ständig hat sie gebockt und sofort losgeheult, wenn man nur das allerkleinste Wort gesagt hat, *Lotta die Nervensäge* hat Ela gesagt, zu Carl. Dabei konnte Ela überhaupt keinen überflüssigen Streß vertragen in dieser Zeit, sie hat wahnsinnig viel zu tun gehabt mit dem Umzug, immerzu hat sie ausgemistet und gepackt, am Schluß haben wir siebenundneunzig Umzugskartons gehabt. Und dann die ganzen Möbel. Das Schlimmste ist der verfluchte Dachboden, hat Ela gesagt, weil da der gesamte Müll von Carls Eltern rumgestanden hat, seit Ewigkeiten. Und Carl war überhaupt keine Hilfe für sie, weil er kein einziges Stück wegwerfen konnte, alles wollte er behalten, dabei sollte er auch ein neues Leben anfangen. Und daß er sich nicht anständig um den Hausverkauf kümmert, hat Ela gesagt.

Aber Carl hat mindestens zehnmal Leute durchs Haus geführt und durch den Hof und die Werkstatt, vielleicht noch viel öfter, ich bin ja bis mittags in der Schule gewesen. Er konnte nichts dafür, wenn so lange niemand unser Haus haben wollte, allen war es zu teuer. »Eben schlechte Zeiten«, hat er immer gesagt, wenn wieder eine Absage gekommen ist.

Häuser werden immer und überall gekauft, hat Ela gesagt, irgendwas macht Carl einfach falsch. Und zwar mit Absicht, weil er gar nicht verkaufen will, sondern bis an sein Lebensende in der alten Bruchbude bleiben. Aber nicht mit ihr, das kann er sich abschminken. Und dann hat sie wieder einen Karton vollgepackt, alle Sachen aus dem Medizinschränkchen in Zeitungspapier gewickelt und reingeschmissen, die Flasche mit dem Hustensaft ist dabei zerkracht, beim Auspacken später war alles verklebt.

Als Carl dann doch einen Käufer gefunden hat, hat er viel weniger Geld bekommen, als sie gehofft hatten. Und als die ganzen Schulden bei der Bank bezahlt waren, ist nicht besonders viel übriggeblieben, glaub ich, Carl hat sich Sorgen gemacht, weil wir für das neue Haus so viel Miete bezahlen müssen, er hat ja nicht mehr gearbeitet. Aber Ela hat gesagt, bestimmt kriegt sie in Niederbroich eine Stelle im Kindergarten, und daß seine Umschulung zum Krankenpfleger ja nur ein paar Monate dauert, im September sollte er anfangen damit. Und daß wir außerdem ja noch das Geld für Lotta haben.

Da hab ich zum ersten Mal richtig verstanden, daß Ela und Carl für Lotta Geld bekommen jeden Monat, und daß es gar nicht so wenig ist. Lotta hat eigentlich nicht viel gebraucht außer Essen und bißchen Kleidung.

Als wir da auf der Hofmauer gesessen haben, Lotta und ich, hab ich versucht, mich zu erinnern, wie es früher gewesen ist, ohne Lotta, und was früher besser gewesen ist und was schlechter, abgesehen von der Badewanne. Ich hatte nie so richtig darüber nachgedacht, weil ich wußte, ich darf das nicht, Lotta ist meine Schwester, Geschwister hat man für immer, man hat sie lieb und damit fertig. Aber ich konnte nicht anders, die Gedanken haben sich einfach in meinen Kopf gedrängt. Und ich hab überlegt, ob ich Lotta eigentlich wirklich so sehr mag, wie ich eine richtige Schwester mögen würde, aber es gab keine Antwort darauf, ich hatte ja keinen Vergleich. Ich wußte nur, daß Lotta mir oft leid tat, weil sie so klein war und mickrig und so vieles nicht konnte. Aber manchmal war ich auch sauer auf sie, in letzter Zeit immer öfter, wenn sie nicht aufgehört hat rumzujammern. Manchmal hab ich sie auch ganz und gar vergessen, manchmal bin ich morgens zur Schule gegangen und hab erst mittags gemerkt, daß Lotta auch noch da ist. Und manchmal hab ich mich sogar vor ihr geekelt.

Ihre Haut war irgendwie komisch, so weiß überall und weich, sie hat sich angefühlt wie diese Gummibonbons mit der rissigen Oberfläche, irgendwie stumpf. Manchmal hab ich sie extra angefaßt, um mich zu überwinden, weil sie doch nichts dafür konnte. Weil es gemein ist, jemanden nicht zu mögen wegen irgendwelcher Äußerlichkeiten.

Als Ela endlich fertig war, hat sie den Staubsauger und die ganzen Putzsachen ins Auto gepackt, dabei hat sie zum Hermannschild raufgeguckt und gesagt: »Das war es dann, mein Lieber.« Sie ist zu uns zur Mauer gekommen und hat gegähnt, ohne sich die Hand vor den Mund zu halten, dabei sagt sie immer, wer gut erzogen ist, hält sich auch im Dunkeln die Hand vor den Mund. Sie war total erledigt.

Weil wir so lieb gewesen sind, essen wir auf der Fahrt nach Niederbroich irgendwo was Schönes, hat sie gesagt, sie selber ist so hungrig, daß sie ein ganzes Schwein verdrücken kann. Sie hat ihre Arme ausgebreitet und gesagt: »Komm, Lotta, los geht's, spring!«

Lotta hat sich vorgebeugt, aber sie ist nicht in Elas Arme gehopst, sondern hat den Mund aufgemacht, und ein grüngelber Strahl ist aus ihr rausgekommen und auf Ela geschossen.

All unsere Kleider waren im Möbelwagen unterwegs. Ela hat die dreckigen Putzlappen aus dem Kofferraum geholt und Lotta zurück ins Haus geschafft, Lotta hat geplärrt wie verrückt. Und hinterher mußte Ela das Badezimmer noch einmal putzen, und beide haben immer noch ganz schlimm gestunken. Unterwegs hat Lotta ohne Unterbrechung vor sich hin geheult, weil Ela den vollgekotzten Teddy zu den Putzlappen in eine Plastiktüte gestopft und in den Kofferraum getan hat.

»Ich wasch ihn dir, Lotta, ganz bestimmt, ich versprech es dir, er wird immer gewaschen, wenn er dreckig ist, das weißt du doch.« Bestimmt zwanzigmal hat Ela das gesagt, aber Lotta hat nicht aufgehört. Ich hab mir die Ohren zugehalten, aber das hat nicht geholfen. Ihr Geheul war wie ein Bohrer, der sich in meinen Kopf reindreht, ich hab das Gefühl gehabt, da ist nichts mehr drin außer diesen Jammertönen.

Irgendwann hat Ela aufgegeben, sie hat nur noch auf die Straße geguckt und ihren Kneifzangenmund gemacht. Ein einziges Mal hat sie losgeschrien: »Jetzt sei endlich still!« So laut, daß ich zusammengezuckt bin. Aber Lotta hat nicht aufgehört, und mir ist eingefallen, daß Lotta nur ein einziges Mal ohne zu heulen in unserem Auto gesessen hat. Das war, als wir sie geholt haben. Vielleicht gibt es Menschen, für die ist das Auto nicht gut, ich weiß es nicht.

Als wir in Niederbroich angekommen sind, war der Möbelwagen schon wieder weg. Carl kam aus unserem neuen Haus gelaufen und hat die Autotür aufgemacht, aber Ela ist sitzen geblieben, sie hat den Kopf aufs Steuer gelegt und gesagt, sie kann nicht mehr. Dann hat sie angefangen zu weinen und konnte nicht mehr aufhören. So wie vorher Lotta. Aber die ist genau in dem Moment eingeschlafen, als wir in unsere neue Straße eingebogen sind.

Schräg gegenüber hat eine Frau aus der Haustür geguckt, mit einer Pudelfrisur, das war Frau Hundertmark, sie hat rübergerufen, ob sie helfen kann. Da ist Ela ganz schnell ausgestiegen und hat zu Carl gesagt, er soll die alte Schnepfe zum Mond schießen. Und ich konnte nicht fragen, was eine Schnepfe ist, weil es gerade nicht gepaßt hat. Aber das Wort hat mir gefallen, es war das Beste an dem ganzen Tag.

Im neuen Haus standen überall die Möbel und Umzugskisten rum und Carls Leitern und Farbeimer und Werkzeug, am liebsten wär ich gleich wieder umgekehrt, aber das ging ja nicht. Ela wollte duschen, um den Kotzgestank loszuwerden, aber das heiße Wasser hat noch nicht funktioniert, sie mußte sich kalt waschen, sie mag das nicht gern. Und dann hat sie die Kartons mit ihren Anziehsachen nicht gefunden zwischen den vielen Kisten, sie hat sich auf den schmutzigen Fußboden gesetzt und ihr Gesicht auf ihre Knie gelegt und nichts mehr gesagt. Bestimmt eine Stunde lang. Da hab ich zum ersten Mal überhaupt keinen Zweifel mehr gehabt. Ich hab gedacht: Früher war es besser. Ohne Lotta.

14

Unser Haus in Niederbroich ist gar nicht viel größer als unser altes in Korden-Ehrbach, aber heller und neuer. Unten gibt es das Wohnzimmer und die Küche und den Windfang, und im ersten Stock sind drei Zimmer und das Badezimmer und noch ein Extraklo. Im großen Zimmer schlafen Ela und Carl, die anderen beiden sollten eigentlich für Lotta und mich sein. Carl hat sie in unseren Lieblingsfarben gestrichen, hellblau für mich und rosa für Lotta, aber Lotta hat ihr Zimmer von Anfang an nicht gemocht. Als Carl mit uns die Treppe rauf und über den Flur gegangen ist, wollte sie nicht mal reingucken. Sie hat sich weggedreht und die Arme um Carls Beine gelegt und ihr Gesicht versteckt, und ich hab gedacht, eigentlich macht sie es genauso wie Ela.

Carl hat sie auf den Arm genommen. »Gefällt dir dein Zimmer nicht, Lotta«, hat er gefragt, und Lotta hat den Kopf auf seine Schulter gelegt und hat wieder angefangen zu heulen. »Heim«, hat sie geschluchzt, immer nur *heim*.

»Aber du bist hier daheim«, hat Carl gesagt. »Das ist unser neues Zuhause, es ist schön hier. Es ist wirklich schön hier.«

Er hat das so gesagt, daß ich gleich gewußt hab, er denkt das nicht wirklich, es gefällt ihm nicht in Niederbroich, er hat Heimweh, und wenn er nicht erwachsen wär, würde er am liebsten mit Lotta zusammen weinen. Genau so wie ich auch. Aber ich konnte mich wenigstens darauf freuen, wieder ein eigenes Zimmer zu haben, obwohl es keinen Hund auf der Tür hat. Den brauch ich auch gar nicht, hab ich gedacht, weil ich bald einen lebendigen bekomm.

Aber weil Lotta ihr Zimmer nicht mochte und nachts nicht allein sein wollte, hat sie doch wieder bei mir geschlafen. Ich hab mich geärgert, weil Ela mir versprochen hat, ich krieg den alten Ledersessel von Großvater Hermann, aber mit Lottas Bett war kein Platz mehr für ihn. Ela hat gesagt, es ist nur für ein paar Wochen, Lotta muß sich erst mal eingewöhnen, wir müssen Geduld mit ihr haben.

Am ersten Abend konnte ich nicht einschlafen, alles war so ungewohnt, ich bin aufgestanden und wollte noch mal nach unten, zu Ela und Carl. Als ich auf der Treppe war, hab ich gehört, wie Carl in der Küche gesagt hat: »Vielleicht hätten wir doch nicht so schnell umziehen sollen.«

Ich hab Papiergeraschel gehört und das Klirren von Geschirr, sie haben Kisten ausgepackt. »Jetzt fang nicht wieder an«, hat Ela gesagt. »Das mit Lotta wird schon, überlaß das mir. Und außerdem, soll ich mein ganzes Leben nach diesem Kind ausrichten?«

»Aber sie hat sich wohl gefühlt in Korden-Ehrbach«, hat Carl gesagt, und Ela: »Aber ich nicht. Du hast es nur nicht mitgekriegt, wie die Leute mich immer angeglotzt haben, die haben doch gedacht, ich bin durchgeknallt oder was.«

Ich konnte hören, wie ihre nackten Füße auf dem Steinboden geklatscht haben und der Kühlschrank aufgemacht wurde und eine Flasche rausgeholt. Daß er sich eben Sorgen macht wegen Lotta, hat Carl gesagt, und daß sie dringend Sicherheit braucht.

Ob er sich zur Abwechslung vielleicht auch mal Sorgen um seine Frau machen kann, hat Ela gesagt. Und daß er in Wahrheit nur seiner alten Bruchbude hinterherjammert.

Ich bin auf Zehenspitzen zurück in mein neues Zimmer gegangen und ins Bett gekrochen und hab mir mein Kopfkissen aufs Ohr gelegt, damit ich nicht hören muß, wie Lotta pupst. Und die Augen ganz fest zugemacht, damit ich gleich einschlaf und es schnell wieder Tag wird, ich hab gedacht, im Morgenlicht ist alles anders und besser, dann sind Carl und Ela wieder nett zueinander, und der Streit ist vergessen.

Vielleicht ist das einfach so, hab ich gedacht, ein neues Leben anfangen klingt toll, aber in Wirklichkeit ist es gar nicht so schön, wie man erwartet hat. Weil alles so fremd ist, man paßt irgendwie noch nicht richtig hinein. Wie in neue Schuhe, die muß man auch immer erst einlaufen ein paar Tage lang, aber irgendwann fühlen sie sich so gut an, daß man keine anderen mehr anziehen will. Man muß nur Geduld haben und warten. So wie Ela das gesagt hat.

15

Am liebsten würde ich hier im Klo sitzen bleiben, es ist so schön still. Aber sie ist schon dreimal gekommen. »Alles in Ordnung?« hat sie gefragt. »Geht es dir besser?«

»Ein bißchen«, hab ich jedesmal gesagt, aber dreimal ein bißchen ist schon ziemlich viel, ich glaub, ich muß zu ihr zurück.

Ich wasch mir die Hände an einem der beiden Waschbecken, dabei muß ich an Carl denken, der wäscht sich dauernd die Hände, obwohl er überhaupt nichts mehr mit Farben zu tun hat. Früher hat er extra so eine Dose mit einer gelben Paste gehabt, damit hat er sich stundenlang die Finger gescheuert, weil Ela gesagt hat, man muß nicht unbedingt gleich sehen, daß er Handwerker ist, und daß sie sich ekelt vor schmutzigen Fingernägeln, besonders bei Männern. Nach dem Waschen cremt er seine Hände ein, auch jetzt immer noch, um seine Hände kümmert er sich viel mehr als um sein Gesicht. Ich kenn niemanden, der so lange Finger hat wie er, seine Nägel haben ganz weiße Halbmonde, und er feilt sie nach dem Schneiden. Wenn er aus der Garage kommt und die Lederjacke weggehängt hat, sagt er immer *ich elendes Doppelschwein* und guckt auf seine Hände und geht ins Badezimmer. Seine Hände sind auch immer warm, nie so kalt wie die von Ela oft. Er kann einen Hund machen mit seinen Fingern und als Schatten auf die Wand fallen lassen, mit Ohr und Schnauze, die auf und zu geht, und dann bellt er dazu.

Das Handtuch ist grau und naß. Ich wisch meine Finger an meinen Jeans ab und guck in den Spiegel und such nach Ela in meinem Gesicht, wie ich das immer tu, ich muß ihr doch ähnlich sehen, wenigstens ein klitzekleines bißchen, aber ich finde nichts. Ich hab nicht ihre Rabenhaare, meine sind braun, wie die von Carl, nur ein bißchen heller, und ich hab auch nicht ihren Mund und nicht ihre Haut, die wird im Sommer ganz schnell braun. Auch nicht ihre langen Beine, kurz und dick sind meine, vor allem oben.

»Das streckt sich noch«, sagt Ela immer, und daß ich keine Angst zu haben brauch, ich weiß nicht, ob ich ihr das glauben kann. Daß ich eher nach Carl schlag, sagt sie, und der hat auch keine kurzen, dicken Beine. Wenn er Hosen kauft, hat er sogar oft Probleme, weil er überhaupt keinen Bauch hat und fast keinen Po. Wenn die Hosen oben passen, sind sie unten immer zu kurz.

Sie sehen beide viel viel schöner aus als ich. Komisch eigentlich, daß ich überhaupt nicht hübsch bin, meistens find ich mich richtig häßlich, dann wünsch ich mir, sie hätten sich anders vermischt für mich. Früher hab ich geglaubt, ich bin extra deswegen nicht hübsch geworden, damit die Leute mich mögen, weil ich ein nettes Kind bin, und nicht, weil ich besonders gut ausseh. Weil so was total oberflächlich ist, hat Ela gesagt. Jetzt gibt es überhaupt nichts mehr, weshalb man mich mögen kann. Weil meine Seele schlecht ist, viel schlechter als die von Ela und Carl, sie haben wenigstens niemanden verraten. Hätten sie nie und nimmer getan, das weiß ich. Selbst wenn ich die allerschlimmste Sache der Welt gemacht hätte, sie hätten es nie jemandem gesagt. Weil sie mich liebhaben, und weil ich ihr Kind bin.

In meiner Klasse in Korden-Ehrbach hab ich mal neben Susann gesessen, die hat geglaubt, ihre Eltern sind gar nicht ihre richtigen Eltern. Daß sie adoptiert ist oder irgendwie verwechselt worden, gleich nach der Geburt. Ich hab das nie geglaubt, ich hab immer gewußt, daß Carl und Ela mich gemacht haben. Nicht wegen irgendwelcher Fotos oder so, ich hab es einfach gewußt, ich weiß auch nicht, wieso. Ich hab immer ganz deutlich gespürt, daß ich zu ihnen gehör, selbst wenn Ela mal böse auf mich war. Wir drei haben immer zusammengehört, und wir gehören auch jetzt zusammen, selbst wenn wir uns nicht mehr sehen dürfen, vielleicht ganz lange nicht. Niemand kann uns trennen, egal was passiert.

Mit Lotta war das anders. Ich weiß, daß Ela sich die allergrößte Mühe gegeben hat, Lotta liebzuhaben, bei Carl weiß ich es nicht so genau, irgendwie war er immer ein bißchen weiter weg von Lotta, aber er hat nie irgendwas gegen sie gesagt. In Korden-Ehrbach hat Ela am Telefon mal zu Janina gesagt, Lotta ist ihr Wunschkind, und daß sie sich sämtliche Beine ausreißen wird, damit Lotta ein glücklicher Mensch werden kann. Aber es hat nicht funktioniert, Ela hat es selbst gemerkt.

Nach unserem Umzug hat Lotta jede Nacht ins Bett gemacht, manchmal nicht nur klein. Am Anfang ist Ela jede Nacht dreimal in mein Zimmer gekommen und hat Lotta aus dem Bett geholt und aufs Klo gebracht, aber es hat nichts geholfen, Lotta hat ein bißchen Pipi ins Klo gemacht und gleich danach wieder ins Bett.

An einem Morgen war ihr ganzes Bett voll, aber nicht nur klein. Ela hat nichts gesagt, sie hat Lotta unter die Dusche gesteckt und danach das Bett abgezogen und die Bettwäsche in die Badewanne geschmissen, einfach so in die Waschmaschine konnte man sie nicht tun. »Hilfst du mir, Lilly?« hat sie gesagt. Ihre Stimme hat so gekratzt, als wenn sie vergessen hätte sich zu räuspern.

Wir haben nebeneinander vor der Wanne gekniet, ich hab die Brause genommen und alles weggeduscht, es hat furchtbar gerochen. Ela hat den Kopf auf den Badewannenrand gelegt. »Ich ekel mich so«, hat sie geflüstert. »Ich will mich nicht ekeln, ich geb mir solche Mühe, aber ich kann nicht anders, ich versteh das nicht, mit deinen Windeln früher hab ich das nie gehabt.«

Sie hat mir so leid getan, wochenlang hat sie das schon machen müssen, immer Lottas Pipi wegmachen, jeden Morgen, sogar sonntags, und jetzt auch noch ihre Kacke. Ich hab gesagt, daß ich das doch machen kann, und sie hat gesagt: »Hör bloß auf. Du wirst hier nicht das Kindermädchen spielen, du sollst eine glückliche Kindheit haben.« Dabei hat sie schon wieder gelächelt, aber ihre Augen haben geglitzert.

»Aber ich mach das gern«, hab ich gesagt. »Und ich hab dich furchtbar lieb.«

»Ich dich auch«, hat Ela gesagt. »Vergiß das nie, Schätzchen, hörst du?«

Wenn wir nicht gerade mit Lottas vollgekacktem Bettzeug beschäftigt gewesen wären, hätten wir uns in die Arme genommen und ganz lange nicht losgelassen. Aber auch so hab ich gemerkt, wie es zwischen meinen Schultern ganz warm geworden ist, als hätt ich mich auf eine Wärmflasche gelegt, das ist immer so, wenn Ela mich in die Arme nimmt. Ich hab mir Mühe gegeben, in diesem Moment nicht an Lotta zu denken, weil ich gewußt hab, wenn ich jetzt an Lotta denk, wird mein Rücken ganz schnell wieder kalt.

Am gleichen Tag ist es gewesen, abends. Da hat Carl das neue Küchenrollo angebracht und mir von den Leuten erzählt, die zusammen mit ihm die Umschulung zum Krankenpfleger machen, und ich hab das Geschirr vom Abendbrot abgewaschen. Plötzlich haben wir gehört, wie Lotta schrecklich rumgekreischt hat, und dann ist Ela in die Küche gekommen und hat gesagt, Lotta will sich die Haare nicht waschen lassen. Sie hat sie ins Bett gesteckt, mit nassen Haaren, und sie ist am Ende, sie kommt gegen den ewigen Dreck und Lottas Widerspenstigkeit nicht mehr an. Carl hat gesagt, wahrscheinlich ist der Umzug für Lotta zuviel gewesen, wir müssen Geduld haben.

»Geduld Geduld«, hat Ela geschrien, »ich kann es nicht mehr hören. Und außerdem, woher soll ich die nehmen? Die Geduld?«

Sie ist total ausgerastet, sie hat gebrüllt. Daß sie alles allein machen muß, das Haus und den Garten und die Kinder und die ganze Ummelderei bei den Behörden. Und jeden Pfennig umdrehen dabei. Und wie das werden soll, wenn sie wieder arbeitet, wer dann den ganzen Scheiß zu Hause erledigt, *Scheiß* hat sie gesagt.

Ich glaub, sie haben ganz vergessen, daß ich auch in der Küche war. Carl hat zurückgebrüllt, daß der Umzug und seine Umschulung auf Elas Mist gewachsen sind, und daß es Zeiten gibt, in denen man die Zähne zusammenbeißen muß, und daß man Lotta notfalls Windeln anziehen kann. Und Ela hat gegen die Leiter geschlagen und geschrien, sie beißt ihre Zähne schon ihr ganzes Leben lang zusammen, auch wegen Carl. Dann hat sie eine Pause gemacht und gesagt, daß man Lotta ja auch wieder zurückgeben kann.

Ich hab mich nicht bewegt. Ich hab die Spülbürste und einen Teller festgehalten und nicht mal Luft geholt. Wenn ich jetzt daran zurückdenk, muß es in unserer Küche ausgesehen haben wie im Dornröschenschloß, bevor der Prinz gekommen ist, und ich bin der Küchenjunge, der die Ohrfeige kriegen soll. Ich hab darauf gewartet, daß Carl was sagt. Ich hab mir ganz fest gewünscht, er sagt: Ja, du hast recht, wir bringen sie zurück.

Aber er hat nichts gesagt. Er hat oben auf der Leiter gestanden und Ela unten daneben, und sie haben beide aus dem Fenster geguckt, als wenn draußen gerade ein Kamel mit drei Köpfen vorbeigeht. Aber es ist nur Herr Muus von nebenan gewesen mit seinem Freund, die kannten wir vom Sehen, sie sind jeden Abend einmal um den Block gegangen.

Ich hab vorsichtig die Spülbürste weggelegt und bin leise aus der Küche gegangen, die Tür hab ich hinter mir zugemacht. Ich hab gedacht, wenn ich sie allein laß, ist es leichter für sie, dann reden sie richtig miteinander und können entscheiden, daß Lotta wieder wegkommt.

Ich bin ins Badezimmer gegangen und hab mir die Zähne geputzt und mit Klopapier das Shampoo aufgewischt, die Flasche lag auf dem Boden und war ausgelaufen, wahrscheinlich hatte Ela sie im Zorn hingeschmissen. Oder Lotta. Ich hab die Badewanne gescheuert und die Handtücher und Waschlappen aufgehängt, Lottas nasse Unterwäsche und ihre Latzhose hab ich auf einen Haufen gelegt. Und dabei hab ich mir vorgestellt, wie wir Lotta wieder zurückbringen ins Heim in Korden-Ehrbach. In meinem Kopf hat sie geweint und gestrampelt und gezittert vor Angst. Und auf einmal hab ich nicht mehr gewußt, ob ich wirklich will, daß sie wieder weggebracht wird. Ich hab es gewollt und auch wieder nicht, in meinem Kopf ist alles durcheinandergegangen.

Ich mochte nicht ins Bett gehen, bestimmt hatte Lotta wieder Schluckauf von der Heulerei, und ich wollte auch unbedingt wissen, was Ela und Carl besprochen haben wegen Lotta. Ich hab die Schmutzwäsche genommen und bin runtergegangen in die Küche, und als ich reinkam, hat Ela gesagt: »Warum müssen die ihre Veranlagung eigentlich immer wie auf einem Bauchladen vor sich hertragen.«

Und Carl hat gesagt: »Frag sie doch.«

Sie haben gelacht und über die Nachbarn geredet, Herrn Muus und seinen Freund, Lotta hatten sie schon vergessen. Es war so, als hätte nie irgendwer davon gesprochen, daß Lotta vielleicht wieder wegsoll.

Aber es kann nicht anders sein: Sie müssen darüber nachgedacht haben. So wie ich gedacht hab, daß es ohne Lotta früher besser gewesen ist, müssen sie es alle beide auch schon längst getan haben. Weil man nur das aussprechen kann, was man vorher schon gedacht hat. Ich stell mir einen Gedanken so vor wie ein Vogelei, man hat ihn in sich und brütet ihn aus, und irgendwann schlüpft er heraus und ist ein Satz oder nur ein Wort und fliegt einem aus dem Mund wie ein kleiner Vogel.

Oben in meinem blauen Zimmer lag Lotta in ihrem Bett und schlief, der Teddy lag über ihrem Gesicht. Ich hab ihn neben sie gelegt, damit sie nicht erstickt. Niemand ist gekommen, um mir gute Nacht zu sagen, weder Ela noch Carl. Aber vielleicht hab ich es auch nicht gemerkt, weil ich eingeschlafen bin.

Am nächsten Tag hat Ela Windelhosen angeschafft, und ich hab gedacht, das viele Geld gibt sie bestimmt nicht aus, wenn sie Lotta zurückbringen will. Und am Wochenende hat Carl extra für Lotta einen Sandkasten gebaut, hinterm Haus gleich neben der Tür zur Küche, und als ich mit Lotta zum ersten Mal Kuchen gebacken hab, hat er gesagt: »Sieh mal an. Meine große Tochter. Vielleicht will sie ja gar nicht auf dem Gymnasium bleiben. Vielleicht will sie viel lieber Konditor werden.«

»Lilly wird schön ihr Abitur machen und studieren, setz ihr bloß keinen Floh ins Ohr«, hat Ela gesagt. »Konditor kann Lotta werden. Das wär nicht das Schlechteste.«

Sie hat eine Plastikschüssel voll Wasser rausgebracht, damit Lotta rummantschen kann, hat sich neben uns gehockt und Sand ins Wasser getan und den nassen Matsch aus ihrer Faust kleckern lassen. »Guck mal, Lotta. Kleckermatschmännchen.«

Lotta hat sofort kapiert, wie man Matschtürme macht, die wie Männchen aussehen. Den ganzen Nachmittag hat sie rumgepantscht und war zum ersten Mal zufrieden. Ich mußte ihr dauernd neues Wasser bringen, und Ela hat Lotta mit den Kleckermatschmännchen und dem total eingesauten Teddy fotografiert. Wir waren alle froh, daß es ein Spiel gibt, das Lotta glücklich macht, und daß man sie mal eine Weile allein lassen kann. So lange das Wetter gut war, hat sie jeden Tag stundenlang in der Sandkiste gesessen, und Ela brauchte sich nicht um sie zu kümmern.

Aber manchmal hab ich gesehen, wie Ela genau so aus dem Fenster geschaut hat wie an dem Abend, als Herr Muus und sein Freund vorbeigegangen sind. Zwischen den Augenbrauen hat sie eine kleine Falte gehabt, die man sonst nicht sehen kann. Und jedesmal hab ich gewußt, jetzt denkt sie darüber nach, Lotta wieder abzuschaffen.

16

Ob ich vielleicht gern zeichne oder male, hat sie mich gefragt, ich glaub, sie weiß nicht, was sie mit mir anfangen soll. Sie hat Papier und einen Stift vor mich hingelegt, ohne abzuwarten, was ich sag. Genau so hat es Ela mit Lotta immer gemacht, damals am Anfang, als sie noch versucht hat, Lotta zu einer richtigen Tochter zu machen.

Es gibt hier keine Buntstifte, sie entschuldigt sich dafür, aber mir ist es egal. Wenn ich zeichne, läßt sie mich in Ruhe, und ich kann ungestört nachdenken. Der Bleistift ist stumpf, sie ist rausgegangen, um einen Anspitzer zu suchen. »Tut mir leid«, hat sie gesagt und so getan, als wenn sie lacht, »aber wir sind hier nicht auf Kinder eingerichtet.«

Zu Haus hab ich mindestens hundert Buntstifte, viele davon hat mir Janina geschenkt, manche sind schon ganz alt und haben früher Carl gehört, einige sind nur noch winzige Stummel, aber ich mochte sie nie wegschmeißen. Sie liegen alle in einem Schuhkarton, in dem waren die Sandaletten, die Ela immer zu ihrem schönen Kleid trägt. *Eidechsengrün* nennt sie die Farbe, und wenn sie ihre Fußnägel frisch lakkiert hat, mit *Crazy* oder *Samba* oder *Admiral* oder *Purple Moon*, sagt Carl immer, sie ist ein wandelndes Beispiel für einen Komplementärkontrast. Ich hab mir das Wort gemerkt, weil es nach Kompliment klingt. Ich brauch das Wort nur zu denken, und sofort seh ich Elas braungebrannte Füße mit den roten Nägeln und den eidechsengrünen Sandaletten vor mir. Zuletzt hat sie die Schuhe an meinem Geburtstag angehabt, vorgestern. Am Tag, als ich sie verraten hab.

Manchmal muß ich darüber nachdenken, warum eigentlich jeder Mensch ausgerechnet er selber ist und nicht irgendein anderer. Warum bin ich Lilly geworden und nicht Lotta. Ob der liebe Gott das bestimmt hat? Ob er sich ganz lange überlegt hat, wer wer werden soll? Und für mich hat er sich schließlich ausgedacht, ich soll Lilly werden und Lotta zur Schwester kriegen und immer auf sie aufpassen? Egal, was ich dafür tun muß? Wenn ich der liebe Gott wär, hätt ich das nicht gemacht. Ich hätte gewußt, daß so eine Aufgabe nicht zu lösen ist, ich hätte Lotta bei ihrer eigenen Mutter gelassen und es so eingerichtet, daß Lottas Mutter eine gute Mutter ist. Dann hätte nämlich auch Ela eine gute Mutter bleiben können, und ich wär jetzt bei ihr. So einfach wär das gewesen.

Frau Hundertmark von schräg gegenüber ist auch eine Mutter. Sie hat drei Söhne, aber die sind alle schon aus dem Haus, und ihr Mann ist jetzt mit einer anderen Frau verheiratet. Das hat sie Ela erzählt, dabei wollte Ela das gar nicht wissen. Sie war draußen beim Fensterputzen, und Frau Hundertmark ist einfach über die Straße gekommen und hat sie vollgequatscht. Sie hat gefragt, ob wir nicht alle mal zu ihr rüberkommen wollen und Kaffee bei ihr trinken, damit wir uns kennenlernen, aber Ela hat gesagt, daß wir uns erst einmal einrichten müssen und das alles, und Frau Hundertmark war eingeschnappt und hat gesagt: »War ja nur ’ne Frage.« Seitdem sagt sie keinem von uns mehr guten Tag, obwohl ich sie immer besonders höflich grüße. Wenn Ela von ihr spricht, sagt sie immer *die aufdringliche Schnepfe von gegenüber.*

Sie wollte auch nie was mit den anderen Nachbarn zu tun haben, irgendwie gefallen die ihr alle nicht, nicht mal Herr Muus und sein Freund, dabei sind die sehr nett. Wir haben erst ein paar Wochen nach unserem Einzug gemerkt, daß sie unsere Nachbarn sind, da sind sie mit einem Taxi angekommen und haben ganz viele Koffer ins Haus nebenan getragen, die Koffer sahen alle gleich aus, nur verschieden groß, und Herr Muus und sein Freund waren im Gesicht so braun wie Elas Füße. Sie haben die gleichen Hemden angehabt, aus Blumenstoff, wie Zwillinge. Ela hat am Fenster gestanden und gesagt: »Wenn die Vater und Sohn sind, freß ich einen Besen.« Und sie hat mir verboten, mit ihnen zu sprechen.

Im Oktober, als ich einmal später zum Schulbus gegangen bin als sonst, weil Frau Zander mit einem Oberstufenkurs auf Studienreise war, hat der Freund von Herrn Muus gerade den Müll rausgestellt. Er hat *Hallo* zu mir gesagt und mich gefragt, wie es mir in Niederbroich gefällt.

»Geht so«, hab ich gesagt und bin schnell weitergegangen, weil ich doch nicht mit ihm reden sollte. Er hat mir nachgerufen, daß sie so viele Haselnußsträucher im Garten haben und ob ich die nicht mal schütteln will. Ich hab so getan, als hätt ich es nicht gehört. Aber mittags kam er mir mit Herrn Muus entgegen, sie sind vor mir stehengeblieben, und er hat zu Herrn Muus gesagt: »Das ist unsere kleine neue Nachbarin, ich hab ihr unsere Nüsse angeboten, wenn es dir recht ist.«

»Oh«, hat Herr Muus gesagt, »welche Freude.« Er sah aus, als wenn er sich wirklich freut, um seine Augen herum sind ganz viele kleine Fältchen, im Inneren sind die weiß. Ein bißchen sieht er aus wie ein Uhu, und ich muß immer an meinen Großvater Hermann denken, weil der in meinen Gedanken auch ein Vogel ist.

Ich durfte nicht mit ihnen reden, aber einfach weitergehen konnte ich auch nicht, das wär zu unhöflich gewesen, Ela sagt immer, ich soll niemanden vor den Kopf stoßen. Ich hab mich bedankt, weil er gesagt hat, ich darf auch gern eine Freundin mitbringen, wenn ich wegen der Nüsse zu ihnen komm, und erst hinterher hab ich gemerkt, daß sie beide nichts von Lotta gesagt haben. Daß sie Lotta wahrscheinlich nie gesehen haben. Daß sie gar nicht wissen, daß es Lotta gibt.

Dabei ist sie damals noch ziemlich häufig draußen gewesen im Garten, aber dann hat sie immer mit dem Teddy in der Sandkiste gehockt und Kleckermatschmännchen gemacht, vom Nachbarhaus aus konnte man da nicht hingucken. Und wenn sie geheult hat, hat Ela sie immer schnell reingeholt. Oder ich. Weil Ela gesagt hat, man kann den Leuten in der Straße dieses nervtötende Geschrei nicht zumuten, nicht einmal der Schnepfe von gegenüber. Und wenn sie einkaufen gegangen ist im Ort, hat sie Lotta nie mitgenommen, sie hat Angst gehabt, Lotta kreischt im Supermarkt rum oder schmeißt sich auf den Boden. Dabei hat sie das nur ein einziges Mal gemacht, gleich zu Anfang, noch in Korden-Ehrbach. Aber Ela hat gesagt, man kann nie wissen.

Gleich nach unserem Umzug hat Ela im Kindergarten

gefragt, ob sie da arbeiten kann. Sie hat auch sofort eine Stelle bekommen, weil sie tolle Zeugnisse hatte, gleich nach den Weihnachtsferien kann sie anfangen, haben die gesagt. Und eigentlich hat Ela vorgehabt, Lotta wieder mitzunehmen, so wie in Korden-Ehrbach, aber dann hat sie gesagt, sie muß unbedingt einen guten Eindruck machen, weil es in Niederbroich nur diesen einen Kindergarten gibt, sie kann es sich nicht leisten, ihre Stelle aufs Spiel zu setzen, gleich zu Beginn. Erst einmal muß Lotta sauber werden, ein fünfjähriges Kind anzuschleppen, das noch in die Hosen macht und immer noch nicht gelernt hat, vollständige und verständliche Sätze zu sprechen, ist einfach zu peinlich. Kein gutes Aushängeschild, hat sie gesagt.

Ela und Carl haben dauernd darüber geredet, wie wir das machen sollen mit Lotta, wenn Ela bis mittags aus dem Haus ist. Sie haben auch nicht gewußt, ob Carl nach seiner Umschulung überhaupt eine Arbeit findet, er hat Bewerbungen geschrieben, aber es ist ganz lange keine Antwort gekommen. Ela hat mir erklärt, daß Krankenpfleger sowieso nicht besonders gut bezahlt werden und daß sie schon deswegen auf jeden Fall arbeiten muß. Und daß ich unbedingt mein Abitur machen soll, hat sie gesagt, damit ich später mal einen guten Job bekomm, ich soll fleißig lernen.

Ich war immer gut in der Schule, in Korden-Ehrbach hab ich immer nur Einsen und Zweien gehabt, sogar auf dem Gymnasium, nur in Sport eine Drei, aber auch nur im Winter, weil ich in Leichtathletik besser bin als an den Geräten. Auf der neuen Schule in Grevenrath hab ich mir noch viel mehr Mühe gegeben, hier ist es schwerer, weil es ein anderes Bundesland ist, der Stoff ist ziemlich anders.

Auch die Kinder sind anders. Aber meine Klassenlehrerin ist nett, Frau Zander. Wir haben Deutsch und Erdkunde bei ihr, sie ist auch ziemlich neu an der Schule, an ihrem ersten Tag mußten wir unsere Namen auf kleine Pappschilder schreiben und vor uns auf den Tisch stellen. Als sie meinen Namen gesehen hat, hat sie angefangen, ein Lied zu singen, in dem eine Laterne vorkommt, irgendwie traurig, aber sie hat mich angelächelt dabei. Sie mag mich, das hab ich gleich gemerkt, weil sie gesagt hat, ich soll für das Klassenbuch zuständig sein. Immer wenn sie mich angeguckt hat, hab ich das Gefühl gehabt, sie weiß, was ich denk. Deshalb hab ich mir auch die Geschichte von dieser Julia ausgedacht, als wir den Aufsatz schreiben sollten, kurz vor den Osterferien, wir sollten eine Person beschreiben, die wir gut kennen. Ich hab gedacht, Frau Zander versteht sofort, wer diese Julia in Wirklichkeit ist, aber sie hat es nicht gemerkt. Wenn sie jetzt hört, was bei uns passiert ist, wird sie mich nicht mehr leiden können.

Ich mag auch Herrn Federspiel gern. Einmal sollte ich ihm ein Lied vorsingen, das die anderen Kinder nicht kannten, und danach hat er mich gefragt, ob ich nicht in den Schulchor kommen will im nächsten Jahr, weil ich eine schöne Stimme hab. Und er hat gesagt, ich soll mit meinen Eltern zum Schulkonzert kommen, das war am ersten Advent im letzten Jahr.

Da hat es bei uns zu Haus überall nach Tanne gerochen, Ela hat alle Zimmer mit Zweigen geschmückt, mit Sternen und roten Bändern dran, wir haben Brathähnchen gegessen mit Rosenkohl, Carls Lieblingsessen, und als Ela die erste Kerze am Adventskranz angezündet hat, ist mir eingefallen, daß genau vor einem Jahr der schlimme Streit zwischen ihr und Janina gewesen ist, wegen Lotta. Und ich hab gedacht, daß Janina wahrscheinlich recht gehabt hat, weil Lotta den ganzen Tag nur Ärger gemacht hat.

Sie wollte unbedingt in die Sandkiste, aber es war viel zu kalt und zu naß draußen, und irgendwie hat sie dann eine Schere in die Hände bekommen und damit Löcher in die Wohnzimmergardinen gemacht. Sie konnte gar nicht richtig schneiden, sie kriegte ihre Finger nicht in die Griffe, und daß man dann noch die beiden Scherenhälften zusammendrücken muß, hat sie nie kapiert. Ela hat die Gardinen selbst genäht, aus gelbem Stoff mit weißen Streifen, sie waren genau so geworden, wie Ela sich das vorgestellt hat, wenn die Sonne scheint, leuchten sie. Carl findet sie zu lang, aber Ela sagt, Gardinen müssen aufstoßen, und dann rülpst Carl immer und lacht.

Abends um sechs sollte das Konzert anfangen, eine halbe Stunde vorher wollten wir los, und ich hab Lotta gesucht, damit sie ihre Milch trinkt. Ich hab sie hinter der Gardine gefunden, sie war eingeschlafen und hatte die Schere in der Faust, sie hat da gelegen wie in einem gemütlichen Zelt mit lauter länglichen kleinen Fenstern, ich mochte sie gar nicht wecken, sie hat geschmatzt wie ein Baby, bestimmt hat sie geträumt. Ich bin zu Ela in die Küche gegangen und hab gesagt, daß ich die Milch zu Lotta bring, aber Ela hat mir angesehen, daß irgendwas nicht stimmt.

»Wo steckt sie«, hat sie gesagt.

Ich hab den Becher genommen und überlegt, ob ich die Wahrheit sagen muß oder ob ich ganz schnell einen Hustenanfall bekomme, so wie Sarah, die in der Schule neben mir sitzt, am meisten hustet sie in den Mathestunden, sie sagt, das ist chronisch, aber in den Pausen hustet sie nie.

»Ich warte auf eine Antwort«, hat Ela gesagt. »Hat sie sich wieder vollgeschissen?«

»Sie schläft.«

»Dann weck sie auf, sonst macht sie nachher endlos Theater. Und die Milch trinkt sie hier am Tisch, sie muß sich endlich an Regeln gewöhnen.«

Ich bin zu Lotta gegangen und hab ein bißchen an ihr gerüttelt, aber sie wollte nicht wach werden. Und dann ist Ela gekommen und hat die Löcher in der Gardine gesehen, und dann hat sie Lotta ins Gesicht geschlagen, ohne was zu sagen, ganz schnell, und auch nur ein einziges Mal, die Hand ist ihr richtig ausgerutscht. Lotta hat geschrien, als wenn man sie umbringen will, sie hat um sich geschlagen und gekreischt. Ela hat sie zum Sofa getragen und gesagt, ich soll sie da festhalten, und Lotta hat immer weitergeschrien. Ela hat eine Tablette geholt und in Wasser aufgelöst, und ich hab Lotta festgehalten, und Ela hat mit einem Löffel die Medizin in Lottas Mund getan, immer nur ein paar Tropfen, und hat gesagt: »Schluck!«

Es hat bestimmt eine Viertelstunde gedauert, bis Lotta wieder eingeschlafen ist, ihr Gesicht und ihre Haare waren ganz nass, und ihre Unterlippe hat geblutet. Ela hat sie ins Bett getragen, und ich mußte einen Zettel für Carl schreiben, er war für eine Stunde zu einem Kollegen von der Umschulung gegangen. Daß Ela und ich beim Schulkonzert sind und Lotta wahrscheinlich durchschläft. Und daß er sich die Reste vom Rosenkohl aufwärmen soll.

Auf der Fahrt nach Grevenrath hat es geschüttet wie aus

Kübeln, die Scheibenwischer haben sich ganz schnell bewegt und dieses Rmsch-Rmsch-Geräusch gemacht, bei dem ich mir immer vorstellen muß, wie schnell die Zeit vergeht. Ganz anders als bei Uhren, wenn ich die anseh, ist die Zeit etwas Langsames, komisch ist das. Im Auto hat es nach Schnaps gerochen, und Ela hat die ganze Zeit nichts gesagt, aber ich hab ihr angesehen, woran sie denkt.

Tante Bella hat mir mal erklärt, was ein Tabu ist. Daß es bestimmte Dinge und Taten gibt und auch Gedanken, die verboten sind, weil das Zusammenleben der Menschen sonst nicht funktioniert. Man weiß ganz einfach, daß man niemanden schlagen oder quälen oder totmachen darf. Bei irgendwelchen Indianerstämmen, hat sie erzählt, darf man nicht einmal die Namen der Götter aussprechen, und eigentlich darf man das ja auch bei uns nicht, obwohl alle es dauernd tun, sogar Frau Zander sagt manchmal *Himmelherrgottnochmal.* Eigentlich will der liebe Gott das nicht, hat Tante Bella gesagt, sonst würde im dritten Gebot nicht stehen, daß man seinen Namen nicht unnütz führen soll. Oder im zweiten? Ich bekomm die Gebote immer durcheinander, nur das vierte nicht, das mit Vater und Mutter, die man ehren soll.

Ich glaub, auch Ela hat daran gedacht, daß sie ein Tabu verletzt hat. Als wir unter ihrem Schirm über den Schulhof zur Aula gelaufen sind, hat sie gesagt: »Dich hab ich noch nie geschlagen. Und es wird auch nie passieren, eher hack ich mir einen Finger ab, ich schwör es dir.«

17

Sie hat einen Papierkorb neben mich gestellt und zugeguckt, wie ich den Bleistift anspitze, dabei hat sie versucht, ihr Gähnen vor mir zu verstecken, ihr Gesicht hat sich verzogen. Am liebsten hätt ich gesagt, sie soll sich drüben auf das Sofa legen. Aber das würde sie sowieso nie tun, weil sie ja auf mich aufpassen soll und mich ausfragen und rausfinden, was für ein Mensch ich bin. Wie will sie das machen, wenn ich es selber nicht weiß? Glaubt sie, sie ist der liebe Gott?

Ich male lauter Gesichter, ganz kleine und ganz viele, lauter Kinder und ihre Eltern, die in der Aula in meiner Schule sitzen, einer neben dem anderen, Augen, Nase, Mund und Haare, Augen, Nase, Mund und Haare, das geht wie von selbst, und nur ich weiß, welches Gesicht Ela gehört und welches mein Gesicht ist. Und nur ich weiß, daß vorne, wo das Blatt aufhört, Herr Federspiel steht und noch weiter vorn der Schulchor. Und daß eigentlich ein Lied zu dem Bild gehört, weil sie nämlich zum Schluß eins von Elas Lieblingsliedern gesungen haben, *Wie soll ich dich empfangen, und wie begegn' ich dir,* alle sollten mitsingen, und Ela hat meine Hand genommen, und ihre Augen haben geglitzert.

Auf der Heimfahrt hat sie gesagt, sie findet es schön,

wenn ich in den Chor geh im nächsten Jahr, und daß ich vielleicht sogar ein Instrument lernen kann. Bestimmt kann man ein Klavier auch leihen, hat sie gesagt, weil wir uns im Moment nicht leisten können, eins zu kaufen. Wir haben zusammen überlegt, wo wir es hinstellen sollen, und sie hat gesagt, es geht eigentlich nur, wenn wir den alten Ledersessel von Großvater Hermann aus dem Wohnzimmer schmeißen.

»Oder Lotta zieht mit ihrem Bett in ihr rosa Zimmer«, hab ich gesagt. »Dann kann das Klavier bei mir stehen.«

»Gute Idee«, hat Ela gesagt.

Sie biegt immer ziemlich schnell in unsere Einfahrt ein, sie haßt Leute, die vor jeder Kurve erst mal stehenbleiben, jedes Bremsen kostet Geld, sagt sie. Und fast hätte sie Carl umgefahren, er stand im Regen mit einer Taschenlampe vor der Garage, er hatte seine alte Lederjacke an, und er hat ein schwarzes Motorrad angeleuchtet, mit einem Beiwagen. Sie hat geschrien vor Schreck.

Und Carl hat geredet wie ein Wasserfall, das tut er sonst nie. Ein Schnäppchen, hat er gesagt, und daß seinem Kollegen von der Umschulung die Reparaturen zu teuer sind, aber er selber kann die Maschine leicht wieder zum Fahren bringen, nur ein bißchen Gebastel, dann ist sie wieder wie neu, und dann können wir alle zusammen damit fahren, Ela und er auf dem Motorrad und Lotta und ich im Beiwagen. Ein Klassiker, hat er gesagt, eine alte BMW R 65, so was kriegt man kaum noch zu kaufen heutzutage, schon gar nicht so günstig.

Er ist vor Freude wie verrückt gewesen. »Sieht sie nicht klasse aus«, hat er immerzu gesagt, aber Ela hat das Motorrad angeguckt wie Lottas Bettwäsche, wenn Lotta reingekackt hat.

»Wieviel«, hat sie gefragt.

»Nur neuntausend«, hat Carl gesagt.

Da hat sie sich weggedreht und ist ins Haus gegangen. Carl hat ihr nachgeschaut, und die Regentropfen sind ihm übers Gesicht gelaufen. Dann hat er mich gefragt, ob mir die Maschine gefällt, er hat immer *Maschine* gesagt. Ob es nicht toll wär, wenn wir alle zusammen damit durch die Gegend gondeln, im Sommer, so wie er mit Ela früher, als er noch seine Harley gehabt hat und ich noch nicht auf der Welt gewesen bin. Motorradfahren ist das Schönste auf der Welt, hat er gesagt. Oder zumindest das Zweitschönste.

Ich hab nicht gewußt, was ich dazu sagen soll, ich bin ja noch nie Motorrad gefahren. Aber ich hab gedacht, für ihn ist ein Motorrad wahrscheinlich so etwas Ähnliches wie für mich ein Hund oder ein Klavier.

Als wir reingegangen sind, hat Ela ihre nassen Schuhe mit Zeitungspapier ausgestopft, man konnte ihr ansehen, daß sie total sauer war. Auf dem Küchentisch standen zwei Teller mit Rosenkohl, der war lauwarm, für Carl und mich, Lotta hat immer noch geschlafen. Carl hat versucht, besonders nett zu sein, und hat uns nach dem Konzert ausgefragt, aber Ela wollte nicht darüber reden. Sie wollte wissen, wo das Auto hinsoll, wenn er in der Garage an dem Motorrad rumfummelt, und wieso er sie nicht gefragt hat vorher und ob er nicht endlich mal die dreckige Lederjacke ausziehen will. Die stinkt, hat sie gesagt.

Carl ist ganz ruhig geblieben. Er hat die Jacke ausgezogen und in die Besenkammer gehängt, und dann hat er gesagt, daß er die Maschine von dem Geld gekauft hat, das vom Hausverkauf in Korden-Ehrbach übriggeblieben ist, und daß Ela ihm versprochen hat, daß er wieder ein Motorrad bekommt. Und daß die BMW viel billiger ist als ein neues, Ela soll sich doch freuen.

»Freuen?« Elas Stimme hat ganz komisch gepiepst, und dann hat sie wieder damit angefangen: Daß sie alles allein machen muß, das Haus und die Kinder und den Garten, daß er überhaupt keine Hilfe für sie ist, nicht mal zu meinem Schulkonzert ist er mitgegangen, und sie knapst und spart und dreht jeden Pfennig um und muß arbeiten, weil es hinten und vorne nicht reicht, und er geht hin und kauft ein Scheißmotorrad, wo das Auto noch nicht mal abbezahlt ist. Sie hat *Scheißmotorrad* gesagt.

»Du hast es mir versprochen«, hat Carl gesagt. »Oder war das nur ein Trick, um mich in dieses Kaff zu locken?«

»Versprochen versprochen«, hat Ela geschrien, »du hast mir auch mal viel versprochen! Und?«

Carl hat den Mund aufgemacht, um was zu sagen, aber dann hat er ihn wieder zugeklappt. Er hat auf seine Faust geschaut, die neben seinem Teller auf dem Tisch lag, und dann hat er die Faust aufgemacht, ganz langsam, und seine langen Finger haben gezittert. Er hat die Zitterfinger vor sein Gesicht gehoben und durch sie hindurchgesehen, wie durch ein Gefängnisgitter. Sein Gesicht war ganz weiß, und seine Haare waren immer noch naß und hingen ihm vor den Augen rum, und ich hab gedacht, jetzt wird er verrückt.

»Was ist los!« hat Ela gezischt. »Spielst du jetzt den Affen oder was.«

»Du hast dich ziemlich verändert«, hat Carl gesagt, ganz

leise. »Weißt du das eigentlich?« Und er hat immer noch durch seine Finger geschaut.

»Verändert verändert.« Ela hat ihre vollgestopften Schuhe in den Flur geschmissen und ist ins Wohnzimmer gegangen. »Alles hat sich verändert«, hat sie geschrien. »Die Welt dreht sich weiter, so ist das nun mal.«

Da ist Carl auch aus der Küche gegangen, er hat durch mich durchgeguckt, als wär ich aus Glas. Als er raus war, ist Ela mit einer Flasche wieder reingekommen, sie hat ein Glas vollgegossen und ausgetrunken, dann hat sie sich geschüttelt und gesagt: »So, Lilly. Jetzt möchte ich von dir hören, wer hier recht hat. Carl oder ich.«

»Ich weiß nicht«, hab ich gesagt. »Aber du hast ihm wirklich versprochen, daß er ein Motorrad kriegt. Warum müßt ihr eigentlich immer so streiten.«

Sie hat noch einen Schnaps getrunken und sich wieder geschüttelt hinterher. »Weiß ich auch nicht«, hat sie gesagt. »Ehrlich. Keine Ahnung.« Dann hat sie den dritten Schnaps getrunken und sich nicht mehr geschüttelt. Sie hat die Flasche wieder ins Wohnzimmer gebracht und beim Rausgehen gefragt: »Und? Wie geht's in der Schule?«

Das hat sie immer gefragt, wenn sie über andere Sachen nicht mehr reden wollte, und ich glaub, sie hätt es auch gar nicht gemerkt, wenn ich was anderes gesagt hätte als *gut*. Als ich später nicht mehr so gut war, hat es sie auch nicht wirklich interessiert, sie hat fast nie in meine Hefte geguckt oder sich die Klassenarbeiten zeigen lassen, weil sie sich immer darauf verlassen hat, daß ich keinen Ärger mach. Sie hat mir vertraut, immer. Was sie wohl jetzt von mir denkt. Ob sie mich überhaupt noch liebhaben kann?

18

Am Tag danach hat es zum ersten Mal geschneit. Carl hat geflucht, weil er das Motorrad in die Garage bringen mußte, damit es nicht einschneit, und Ela hat gesagt, sie hat sich schon immer gewünscht, daß ihr Auto im Winter auf der Straße steht, damit sie es jeden Tag freischaufeln muß, bevor sie irgendwohin fahren kann. Man kann es mit einer Plane abdecken, hat Carl gesagt, und sie: »Plane, na klar, kostet ja auch nichts, so eine Anschaffung.«

Ich hab mich trotzdem gefreut über den Schnee, ich mag das Geräusch, wenn er unter den Füßen knirscht, und alles ist so sauber.

Nachmittags ist Ela mit Lotta zu einem Arzt gefahren, in eine andere Stadt. Sie wollte Lotta durchchecken lassen, weil sie so wenig gegessen hat und überhaupt nicht zugenommen. Ich war ganz allein zu Haus, und als ich meine Hausaufgaben fertig hatte, hab ich aus dem Fenster geguckt, einfach so, in den Schnee. Drüben sind Herr Muus und sein Freund in ihren Garten gekommen, sie haben mich gesehen an meinem Fenster und mir zugewinkt, ich hab das Fenster aufgemacht, und Herr Muus hat gefragt, ob ich mithelfen will, einen Schneemann zu bauen.

Erst hab ich gedacht, er nimmt mich auf den Arm, ich hab noch nie Erwachsene einen Schneemann bauen sehen. Aber sie wollten es wirklich, der Freund von Herrn Muus hat schon die erste Kugel gerollt. Ich hab total Lust gekriegt mitzumachen, und ich bin einfach zu ihnen rübergegangen, weil ich wußte, Ela kommt nicht so schnell zurück, nach dem Arzt wollte sie noch irgendwo einkaufen.

Der Schneemann ist größer geworden als ich, er hat keinen Besen in den Arm bekommen, sondern einen Golfschläger, und auf den Kopf eine gelbe Baseballmütze, das sah lustig aus, wir haben so gelacht. Und die ganze Zeit haben wir miteinander geredet, Herr Muus, sein Freund und ich, obwohl mir zwischendurch eingefallen ist, ich soll das nicht.

Sie haben gefragt, wie ich heiß, und Herr Muus hat erzählt, seine Großmutter hieß auch Lilly, und daß sie dreizehn Geschwister hatte, sie war die Jüngste, sie haben zu zweit oder zu dritt in einem Bett geschlafen. Fast hätt ich gesagt, daß ich auch eine Schwester hab, aber dann hab ich lieber doch nichts gesagt, sie wußten ja gar nicht, daß es Lotta gibt, und irgendwie hab ich das Gefühl gehabt, es ist besser, wenn ich nichts von ihr erzähl.

Als wir fertig waren mit dem Schneemann, hat Herr Muus sich in den Schnee fallen lassen, an einer unberührten Stelle, und seine Arme hin und her bewegt und die Augen verdreht und »heilig heilig« geflüstert. Das hat so komisch ausgesehen, daß ich fast in die Hosen gemacht hätte, und hinterher war es ein Schnee-Engel.

Danach haben sie mich in ihr Haus eingeladen. »Wenn man durchgefroren ist, ist heiße Schokolade einfach himmlisch«, hat der Freund von Herrn Muus gesagt, und Herr

Muus: »Ja, ja. Durch den Mund direkt auf die Hüften, mein Lieber.«

Ich fand es witzig, wie sie miteinander geredet haben, und daß Herr Muus immer *Lady Lilly* zu mir gesagt hat, als wär ich schon erwachsen. Aber ich bin nicht zu ihnen reingegangen, obwohl ich gern ihre heiße Schokolade probiert hätte, ich hatte Angst, Ela ist vielleicht schon zurück. Zum Abschied haben sie mir eine Tüte mit Haselnüssen geschenkt, von ihren eigenen Büschen, Herr Muus hat sie extra aus dem Haus geholt für mich.

Ela und Lotta sind erst gekommen, als es schon dunkel war, Ela war völlig fertig und brauchte einen Schnaps, weil Lotta beim Arzt so ein Theater gemacht hat. Ich hab ihr nicht erzählt, wo ich gewesen bin, und die Tüte mit den Nüssen hab ich im Keller versteckt, hinter den leeren Umzugskartons in dem Raum ohne Fenster, wo wir die Tischtennisplatte aufstellen wollten, wenn Carl wieder Geld verdient.

Irgendwie hab ich dann nie mehr an die Nüsse gedacht. Ela hat sie gefunden, als wir da unten saubergemacht haben, zwischen Weihnachten und Neujahr, sie hat sich schrecklich aufgeregt, weil da plötzlich eine Tüte mit Nüssen lag, irgendwer muß sie da schließlich hingetan haben. Ich hab mich nicht getraut, ihr zu sagen, daß ich das war. Denn dann hätt ich zugeben müssen, daß ich drüben bei Herrn Muus und seinem Freund gewesen bin, und dann hätte sie gedacht, sie kann sich nicht auf mich verlassen.

Ich will nicht heulen.

Wenn ich heul, kann ich nicht denken. Aber ich will an Ela denken, immerzu. Ich wünsch mir so sehr, daß sie weiß, wie lieb ich sie hab, alles andere ist mir egal.

»Brauchst du ein Taschentuch?«

Ich zieh die Nase hoch und schüttel den Kopf, ich will kein Taschentuch von der, sie soll mich in Ruhe lassen. Am liebsten wär ich tot.

19

Jetzt darf ich doch auf dem Sofa liegen, sie hat sogar eine Decke aus einem Schrank geholt und mich zugedeckt, weil ich schon wieder so zittern muß, die Decke riecht nach Staub. »Mach dir keine Sorgen«, hat sie gesagt. Wenn ich gekonnt hätte, hätt ich gelacht. Was stellt dic sich vor? Daß ich denk, alles wird wieder gut?

Meine Knie schlagen immerzu aneinander, obwohl ich alles zusammenkneif, noch nie in meinem Leben hab ich so gefroren. Nicht einmal, als es plötzlich so kalt geworden ist, vier Tage vor Weihnachten, im letzten Jahr, und die Heizung hat nicht funktioniert, weil Carl nicht daran gedacht hat, daß man Öl bestellen muß. Ela ist total ausgerastet und mußte schon vor dem Frühstück Schnaps trinken, damit ihr warm wird, obwohl sie zwei Paar Wollsocken übereinandergezogen hat und eine Wärmflasche unter ihren Pullover gesteckt.

Carl hat sich entschuldigt und gleich mit der Ölfirma telefoniert, aber die haben gesagt, sie kommen erst am nächsten Tag, und Ela ist immer wütender geworden, sie hat ihn schrecklich beschimpft, und es war ihr egal, ob ich dabeibin oder nicht. Carl hat an dem Tag seine Prüfung gehabt, und er hat gesagt, wenn er durchfällt, ist es Elas Schuld, weil er es nicht verträgt, wenn sie so böse ist mit ihm. Und sie hat gesagt, er ist von Haus aus ein Versager. Als ich zum Schulbus gegangen bin, haben sie immer noch gestritten.

Als ich wiedergekommen bin, war es eiskalt im ganzen Haus. Ela lag in ihrem Zimmer im Bett unter all unseren Decken und schlief. Lotta saß mit ihrem Teddy im Wohnzimmer auf dem Fußboden, sie hatte ihren Schneeanzug an und Handschuhe und die blaue Pudelmütze, sie hat einfach nur dagesessen und in die Luft geguckt. Ich hab das ganze Zeug von ihr abgefummelt und ihr frische Windeln angezogen, und dann alles wieder angezogen, das hat ewig gedauert, weil meine Finger ganz steif waren. Dann hab ich ihr einen Brei gemacht, Ela hat extra für Lotta immer so einen Fertigbrei gekauft, in Schachteln, den muß man nur mit heißem Wasser anrühren, das ist ganz einfach, meistens hat Lotta den auch gegessen, damals jedenfalls. Manchmal hat sie auch zermustes Obst bekommen oder Suppe, aber die mußte man mit dem Pürierstab machen, weil sie sich angewöhnt hatte, alles auszuspucken, was man kauen muß, auch wenn es nur eine ganz weiche Kartoffelscheibe ist oder ein Stückchen Blumenkohl oder ein winziges Fitzelchen Speck.

Irgendwie ist bei ihr alles rückwärts gegangen, sie hat nie was dazugelernt, sondern das, was sie schon mal gekonnt hat, wieder vergessen. Dabei hat Ela sich wirklich große Mühe gegeben, Lotta das Essen beizubringen, aber irgendwann hat sie aufgegeben, weil Lotta einfach nicht wollte.

Der Arzt, bei dem Ela mit Lotta gewesen ist, hat gesagt, Lotta ist viel zu dünn. Er hat ihr einen Saft verschrieben, der sollte ihren Appetit anregen. Ela hat den Saft auch gleich aus der Apotheke geholt, aber wenn Lotta die Flasche nur gesehen hat, hat sie die Lippen zusammengedrückt und die Augen zugemacht. Nicht mal Carl hat es geschafft, ihr auch nur einen einzigen Tropfen davon einzutrichtern.

Nach dem Brei hab ich für Lotta und den Teddy zwischen Großvater Hermanns Ledersessel und dem Sofa eine Höhle gebaut, aus einem Tischtuch und all den Sofakissen und Lottas Bettdecke, das war die einzige, die Ela nicht mit ins Schlafzimmer genommen hat, sie hat immer ein bißchen nach Pipi gerochen, obwohl sie jede Woche in die Waschmaschine kam. Lotta ist mit dem Teddy in die Höhle gekrochen und hat sich zusammengerollt, und ich hab mir meine Daunenjacke wieder angezogen und hab vor dem Eingang gesessen und *Macht hoch die Tür* gesungen und *Morgen, Kinder, wird's was geben* und danach alle Weihnachtslieder, die ich kenn. Beim Singen hat mein Atem weiße Wölkchen gemacht, und Lotta hat ein bißchen mitgebrummt, sie hat es gern, wenn jemand singt. Aber sie hat nur einzelne Töne gebrummt, mit der Melodie hatten die nichts zu tun.

Ich hab daran gedacht, daß es gar nicht so richtig weihnachtlich ist bei uns, seit dem ersten Advent war überhaupt nichts passiert, was mit Weihnachten zu tun hat, wir hatten nicht mal die zweite und die dritte und die vierte Kerze vom Adventskranz angezündet, und von den Tannenzweigen hinter den Bilderrahmen sind schon die Nadeln abgefallen, sie haben ausgesehen wie abgegessene Brathähnchengerippe. In Korden-Ehrbach früher haben wir immer die Girlanden mit den goldenen Sternen an den Fenstern gehabt, jedenfalls vor der ganzen Sache mit Lotta, und wir haben zusammen gebastelt und Plätzchen gebacken, ganz viele verschiedene, das war gemütlich. Und an jedem Abend haben wir den Adventskranz angezündet. Aber in diesem Jahr hat Ela immer gesagt, sie hat keine Zeit dafür, wegen Lotta. Dabei hat sie im Jahr davor immer gesagt, wenn wir zu viert sind, feiern wir, daß es nur so kracht.

Als ich alle Lieder durchhatte, hab ich *Lotta Jessen, Lotta Jessen, nicht vergessen, Lotta Jessen* gesungen, so wie Ela damals, als Lotta noch nicht bei uns war, als ich den Namen für sie ausgesucht hab. Davon bin ich noch viel trauriger geworden, ich hab gefroren und mir gewünscht, es klingelt und Janina steht vor der Tür und sagt: »Magst du für ein paar Tage mit zu mir kommen? Und wir machen es uns behaglich?«

Ich hab mir vorgestellt, wie es wär, drei Tage lang nicht auf Lotta aufpassen zu müssen, drei Tage lang zu lachen und über Sachen zu reden, die nichts mit Lotta zu tun haben. Ich würde Janina von Herrn Muus erzählen und seinem Freund und von Frau Zander und Herrn Federspiel und daß ich im Chor mitsingen darf im nächsten Jahr und daß wir vielleicht ein Klavier kriegen. Und von Sarah und ihrem künstlichen Husten, und vielleicht auch von Ela und Carl. Vielleicht würde ich Janina sogar fragen, ob sie weiß, warum das mit Lotta nicht funktioniert bei uns.

Dann ist Ela runtergekommen. »Ach. Im Dunkeln ist gut munkeln oder was«, hat sie gesagt und alle Lampen angemacht im Wohnzimmer, es war so hell plötzlich, daß ich mir die Augen zuhalten mußte. Und sie hat einen Schnaps getrunken, weil sie schon wieder so schrecklich gefroren hat, und dann noch einen.

Als wir gehört haben, daß Carl kommt, hat sie die Flasche schnell wieder in den Schrank gestellt. Er hatte seine Prüfung bestanden und war schrecklich froh, weil er gehört hatte, er bekommt eine Stelle im Krankenhaus in Grevenrath, gleich nach Neujahr.

»Na also«, hat Ela gesagt, »wieder mal völlig überflüssig, dein Gejammer heut morgen. Jetzt zeig mal, wie fit du noch bist, mein guter alter Krankenpfleger.« Und sie hat die Höhle auseinandergepflückt und die Kissen auf Carl geschmissen, eins nach dem anderen, und er hat sie alle aufgefangen und zu mir geworfen. Nur Lottas Bettdecke hat sie nicht zu Carl geschmissen, sie hat daran geschnüffelt und eine Grimasse gezogen, und dann hat sie die Decke neben sich fallen lassen.

Lotta hat sich die ganze Zeit nicht gerührt, sie hat nur versucht, den fliegenden Kissen nachzuschauen, ihre Pupillen sind hin und her gegangen. Zum Schluß hat sie mit ihrem Teddy auf dem Teppich gelegen, und nur noch die Decke lag neben ihr. Sie hat einfach so dagelegen. Und Ela hat sich über sie gestellt und hat gekichert und gesagt: »Unser kleines Baby. Guckt es euch an. Wie süß es da liegt. Wie ein Engel.«

Sie hat die Decke genommen und hochgehalten, nur mit den Fingerspitzen, und dann hat sie sie fallen lassen, auf Lotta drauf. Nur die blaue Pudelmütze hat noch ein bißchen rausgeguckt, und einen Moment lang war es ganz still im Zimmer, so wie in der Schule, wenn eine Klassenarbeit geschrieben wird. Ich glaub, wir haben alle drei auf die blaue Mütze geguckt und auf irgendwas gewartet, ich weiß nicht, auf was. Und auch aus Elas Mund

und aus Carls Mund sind dünne weiße Wölkchen gekommen.

Carl hat dann die Decke von Lottas Gesicht gezogen und sie richtig schön eingemummelt und gesagt: »Du solltest was essen, Ela, ich mach das hier schon«, irgendwie war seine Stimme anders als sonst, fester oder tiefer, und Ela ist auch gleich in die Küche gegangen, da hat sie saure Gurken direkt aus dem Glas gegessen, ich durfte das nie.

Sie hat sich auch eine Flasche Bier aufgemacht und zwischen den Schlucken am Flaschenrand gekratzt, mit dem Fingernagel, als wenn da ein Stück Dreck sitzt, das nicht abgehen will. Als Carl reingekommen ist, hat sie die Arme ausgestreckt und »Komm schon her« gesagt, aber er ist zum Kühlschrank gegangen und hat die Tür aufgemacht und lange hineingeschaut, ohne sich was zu nehmen. Ela ist zu ihm hingegangen, mit ganz komischen Schritten, kurzen, und dann wieder großen, sie hat ihn am Arm gepackt und zu sich herumgedreht und sich auf die Zehenspitzen gestellt und ihre Arme um seinen Hals gelegt, mit der Bierflasche. »Küß mich«, hat sie gesagt, »mein guter alter Krankenpfleger.«

»Laß mich«, hat Carl gesagt. Er hat ihre Arme von seinem Hals gehoben und einfach fallen lassen, und die Bierflasche in Elas Hand ist gegen den Unterschrank geknallt, neben dem Kühlschrank, aber sie ist heil geblieben.

Sie hat ihn angestarrt und plötzlich wieder diese Falte gehabt, zwischen ihren Augen, dann hat sie die Luft durch die Zähne reingezogen, es hat sich angehört, als wenn sie Schmerzen hat. »Hat sie es also endlich geschafft, uns beide auseinanderzubringen«, hat sie gesagt.

Carl hat Ela überhaupt nicht angesehen. »Ich weiß nicht, was du meinst«, hat er gesagt.

»Natürlich weißt du das.« Ela hat genuschelt, das L in *natürlich* klang, als wenn sie was Heißes im Mund hat. »Ich rede von dem kleinen Monster da drüben, unserer wohlgeratenen zweiten Tochter. Die so klug und begabt ist und uns jeden Tag nur Freude macht. Und dir offenbar inzwischen wichtiger ist als ich.« Sie hat einen Schluck getrunken und sich den Mund mit dem Handrücken abgewischt, das ist auch streng verboten bei uns.

Carl hat seine Augen zugemacht und »Hör schon auf« gesagt, »ich will schlafen, es war ein langer Tag.«

»Gute Idee. Gehen wir ins Bett«, hat Ela gesagt, und dann hat sie vorgeschlagen, daß er bei seiner Lieblingstochter schläft, dann kann er sich am Morgen gleich um sie kümmern, *um ihre elende Scheiße* hat sie gesagt, sie hat ihm viel Spaß dabei gewünscht und ist mit diesen komischen Schritten rausgegangen und die Treppe hoch, die Bierflasche hat sie mitgenommen. Wir haben gehört, wie oben die Schlafzimmertür zuknallt, dann war es still, nur der Kühlschrank hat gebrummt, und in meinem Kopf ist immerzu das Wort *Lieblingstochter* rumgeflogen.

»Willst du mit in mein Bett?« hab ich Carl gefragt.

Er hat mir über den Kopf gestrichen und gesagt: »Ich leg mich aufs Sofa im Wohnzimmer, gute Nacht, Lilly. Schlaf gut, und träum was Schönes.«

Am nächsten Morgen beim Frühstück hat Ela kaum was gesagt, sie hat sich nur dauernd die Nase geputzt, und auch Carl war ziemlich still. Als er aufstehen wollte, um zu gehen, hat Ela über den Tisch gelangt und ihre Hand an seine Wange gelegt, dabei ist die Schachtel mit den Cornflakes umgefallen, aber sie haben beide nicht darauf geachtet. Er hat seine Hand auf ihre Hand gelegt und hat sie angelächelt, ganz lieb. Und ich hab die Cornflakes aufgesammelt, und alles war wieder gut.

20

Hier vom Sofa aus kann ich aus einem Fenster sehen, direkt in den Himmel. Er ist noch ganz hell und blau, dabei bin ich so müde, als wär es später Abend. Vielleicht ist es ganz gut, daß ich meine neue Uhr vergessen hab heut morgen, sonst würd ich nur immerzu die Sekunden zählen. Bei Tante Bella gab es eine alte Standuhr, die hat sogar die Mondphasen angezeigt und mußte jeden Morgen aufgezogen werden, und auf dem Zifferblatt stand *Eine von diesen.* Als ich gefragt hab, was das bedeuten soll, hat Tante Bella gesagt, wir sollen daran erinnert werden, daß wir alle sterben müssen, wir wissen nur nicht, wann und wie. Und daß sie sich jedesmal, wenn sie die Uhr aufzieht, einen friedlichen Tod wünscht. Am liebsten würde sie am Klavier sitzen und einfach vom Hocker fallen. Danach hab ich ein paar Tage lang immer Angst gehabt, wenn sie gespielt hat, weil ich nicht wußte, was ich mit ihr machen soll, wenn sie tot ist. Und daß sie, wenn sie vom Hocker fällt, auch noch Kasimir erschlägt. Aber dann hab ich gesehen, wie viele Johannisbeeren sie zu Marmelade kocht, mindestens dreißig Gläser, und in der Speisekammer hat schon ganz viel Marmelade aus den anderen Jahren gestanden. Da hab ich gedacht, sie stirbt nie und nimmer.

Vielleicht kann ich hier liegenbleiben und den Himmel

angucken, bis die Sonne untergeht. Dann ist das Licht so, wie ich es am liebsten mag, nicht mehr hell und noch nicht dunkel, im Sommer sieht dann alles wie vergoldet aus, und im Winter blau. Deshalb nennt man diese Tageszeit auch *blaue Stunde*, hat Janina mal erzählt, die Gegenstände haben dann keine festen Umrisse mehr, sie sehen aus, als würden sie sich gleich in Luft auflösen.

Ich hab mir oft gewünscht, ich könnte das Licht anfassen. Ich stell mir immer vor, es fühlt sich an wie der Stoff von Elas Lieblingskleid. Wenn sie es anhat, leg ich manchmal meine Arme um sie rum, weil sich das so gut anfühlt, der weiche, glatte Stoff und darunter ihre warme Haut.

Vielleicht kann ich sie nie wieder so anfassen. Ich weiß ja nicht mal, wo sie ist, aber da sind solche Kleider bestimmt nicht erlaubt. Ich glaub auch nicht, daß sie sich warm anfühlt, da, wo sie jetzt ist. Wenn es Ela nicht gutgeht, wird ihre Haut kalt, das geht automatisch bei ihr. Man muß sie nur anfassen, und man weiß sofort, wie ihre Stimmung ist. Bei mir ist das nicht so. Auch wenn ich traurig bin oder wütend, sind meine Hände immer warm, ich hab das kontrolliert, aber richtig wütend bin ich nicht so oft.

Bei Ela ist eben vieles anders. *Hysterisch* hat Tante Bella sie mal genannt, das war gemein, Ela kann doch nichts dafür, wie sie ist. Für mich ist sie die beste Mutter auf der Welt, niemals hätt ich eine andere haben wollen. Und daß sie auch für Lotta gut sein wollte, weiß ich genau.

Lotta hat aber auch keine Schuld, sie hat nur irgendwie nicht zu uns gepaßt, das konnte man vorher nicht wissen. Manchmal hab ich gedacht, sie ist gar nicht wie ein Mensch, sie ist eher wie ein Tier, so wie Kasimir. Fressen und jagen und schlafen wollte der, und ab und zu gestreichelt werden, und Lotta wär bestimmt zufrieden gewesen, wenn sie mit ihrem Teddy am Fenster hätte sitzen können und rausgukken. Oder in der Sandkiste hocken und Kleckermatschmännchen machen. Vielleicht hätten wir sie einfach nur in Ruhe lassen müssen, so wie Tante Bella Kasimir in Ruhe gelassen hat. Wir hätten ihr was zu essen hingestellt, und sie hätte sich was genommen, irgendwann, wenn sie Hunger hat.

Ela hat immer gewollt, daß aus Lotta etwas wird. Ich glaub, sie hat gedacht, Lotta ist wie ich, ich hab ja immer alles getan, was ich soll, meistens jedenfalls. Sie hat darauf gewartet, daß Lotta größer wird und klüger, daß sie lernt und Fortschritte macht, sich vor dem Essen die Hände wäscht und richtige Sätze spricht, daß sie den Becher nur mit einer Hand anfaßt und den Löffel hinten am Griff. Und sich allein anzieht und nicht dazwischenredet und nicht mit vollem Mund spricht. Wenn Ela das mit Kasimir versucht hätte, wär es auch nicht gegangen.

Janina ist die einzige gewesen, die Lotta in Ruhe gelassen hat. Sie war zu Weihnachten bei uns, das war das letzte Mal, und sie hat Lotta irgendwie gar nicht richtig beachtet. Nur gelächelt hat sie, jedesmal, wenn sie Lotta angesehen hat, das war alles. Wenn Janina lächelt, sieht man, daß sie Hasenzähne hat, ganz weiße, man muß einfach zurücklächeln, das hat sogar bei Lotta funktioniert. Aber Janina hat nicht gefragt, ob sie was vorlesen soll oder singen oder mit ihr malen oder sie ins Bett bringen, nichts.

Ela hat gesagt, Janina benimmt sich, als wenn Lotta Luft für sie ist, aber Janina hat gesagt, Lotta will bestimmt nicht auch noch von ihr vollgequatscht werden, und daß Ela aufhören soll, ständig auf das Kind einzureden. Ela hat ihren Kneifzangenmund gemacht, aber gesagt hat sie nichts, jedenfalls da noch nicht.

Eigentlich wollte Janina uns überhaupt nicht besuchen. Aber ich hab ihr einen Brief geschrieben, in der Nacht nach der Höhle, den hat sie gerade noch rechtzeitig gekriegt. Ich hab ihr geschrieben, daß Weihnachten ohne sie ganz schrecklich ist, und da ist sie doch noch gekommen, aber erst am Heiligen Abend, am Nachmittag.

Lotta hat schon ihr schönstes Kleid angehabt, das blaue mit dem Matrosenkragen. Als Janina ankam, hat sie auf ihrem Stuhl am Küchentisch gesessen und sollte malen, Ela hat ihr Papier und Buntstifte hingelegt, aber Lotta wollte nicht. Sie hat den Teddy im Arm gehabt und an seinem Ohr rumgelutscht, das hat sie sich damals irgendwie angewöhnt, Ela fand das immer unappetitlich. Janina hat sich neben Lotta gehockt und »Hallo« gesagt, aber Lotta hat nicht geantwortet, sie hat Janina nur angesehen und ihren Teddy noch fester an sich gedrückt und das Ohr nicht aus dem Mund gelassen.

Ela hat eine ganz sanfte Stimme gemacht und gefragt, ob Lotta nicht guten Tag sagen will, aber Lotta hat nur weitergenuckelt, und ich hab gesehen, daß Ela ihr das Ohr am liebsten aus dem Mund gezogen hätte, aber sie hat es nicht getan, sondern Carl gebeten, er soll mit Lotta raufgehen und ihr eine frische Windel anziehen.

Janina hat gewartet, bis sie draußen waren, dann hat sie gesagt: »Wieso Windel?«

»So ist das nun mal«, hat Ela gesagt.

»Läuft nicht gut, oder?« hat Janina gefragt.

»Sag doch gleich, was du meinst. Sie ist zurückgeblieben.« Elas Stimme hat gewackelt. »Oder retardiert, so nennt es der Arzt. Wahrscheinlich denkt er, das klingt besser.«

Und dann hat sie gesagt, sie will jetzt nicht über Lotta reden, sondern ungestört Kaffee trinken, und hat Kekse auf den Tisch gestellt, die waren gekauft, weil wir ja nicht gebacken haben. Nicht mal Zimtsterne, Carls Lieblingsplätzchen mit dem Zitronenzuckerguß obendrauf.

Eine Stunde später haben sie schon wieder gestritten, weil Janina nicht mit in die Kirche wollte. Wir gehen sonst eigentlich nie, aber am Heiligen Abend immer, alle zusammen, sonst fehlt was, sagt Ela. Janina wollte zu Haus auf uns warten, es hat überhaupt nichts genützt, daß Ela gesagt hat: »Du könntest dich wenigstens der Kinder wegen überwinden.«

Janina hat gemeint, mir und Lotta ist es bestimmt egal, ob sie dabeiist oder nicht, und daß Ela sie nur mitschleppen will, um anderen Leuten ihre heile Familie zu präsentieren. Ela hat »Du spinnst ja« gesagt und Lotta angeraunzt, weil die ihre Schuhe nicht angekriegt hat, dabei hatte sie extra welche mit Klettverschluß, die jedes Baby zukriegt, mit Schnürsenkeln ist sie nie zurechtgekommen.

Wir sind ohne Janina in ein Dorf gefahren, weil da eine schönere Kirche ist als in Niederbroich, und Ela hat geweint, als die Weihnachtsgeschichte vorgelesen wurde, jeder konnte es sehen, aber Carl hat ihr nicht mal ein Taschentuch gegeben, obwohl er immer eins dabeihat. Er hat sie einfach weinen lassen. Ich hab Elas kalte Hand genommen und festgehalten und zu Jesus geguckt am Kreuz, das tu ich immer zu Weihnachten. In einer Kirche brauch ich keine Angst vor ihm zu haben, wie bei Tante Bella, in Kirchen hängt er vorne irgendwo, weit weg von den Sitzbänken, das ist gut, weil er so nackt ist und gruselig aussieht mit dem Blut an den Händen und an den Füßen, und aus den Rippen kommt es auch noch raus.

Normalerweise bedank ich mich bei ihm für alles, und dann bitte ich ihn, daß er mich beschützt und Ela und Carl. Diesmal hab ich mich überhaupt nicht bedankt, ich hab mir nur gewünscht, daß er irgendwas tut mit uns, etwas Gutes, daß er alles wieder so macht wie früher, bevor Ela krank wurde und ich zu Tante Bella mußte.

Ich hab mich ein bißchen geschämt, aber ich hab mir auch gewünscht von Jesus, daß Lotta wegkommt. Weil es immer Streit gegeben hat ihretwegen, und weil ich Angst gehabt hab um Ela. *Zank macht krank,* hat Tante Bella immer gesagt, und ich glaub, das stimmt. Ich hab mir gewünscht, daß ich endlich mein blaues Zimmer für mich allein haben kann und morgens nicht mehr in diesem Pupsgestank aufwachen muß. Ich hab mir gewünscht, daß Lotta irgendwo auf der Welt eine Katze sein darf, aber ich hab gewußt, so was gibt es nur im Märchen.

Lotta hat zuerst ganz ruhig mit ihrem naßgelutschten Teddy zwischen Carl und mir gesessen und auf den riesigen Christbaum geguckt mit den vielen Kerzen, und bei den Liedern hat sie ihre Töne gemacht. Aber dann ist es ihr langweilig geworden, sie hat rumgezappelt und gequengelt. Wir mußten mit ihr rausgehen, bevor *Stille Nacht* gesungen wurde, dabei ist das immer das Schönste, alle Lichter werden ausgemacht, bis auf die Kerzen am Christbaum, und mir läuft es kalt den Rücken runter, weil es so feierlich ist.

Auch beim Essen später hat sie gestört, sie wollte nicht mal von der Gänsebrust probieren, die Carl gebraten hat, aber Ela ist total geduldig geblieben, sie hat schnell einen Brei gemacht und Lotta gefüttert, und dabei hat sie Janina von unserem Gartenhäuschen erzählt, daß es ein Spielhaus werden soll, wo wir Mädchen im Sommer schlafen können, wenn Carl es leer geräumt und zurechtgemacht hat. »Klingt phantastisch«, hat Janina gesagt, mehr nicht.

Die Bescherung war auch nicht so schön. Zum ersten Mal hatten wir keine richtigen Kerzen am Weihnachtsbaum wie sonst immer, wegen Lotta ging das nicht, am meisten gefehlt hat mir der gute Geruch. Und Lotta hat sich über nichts gefreut, obwohl Ela dauernd gesagt hat, sie soll es tun. Sie hat sich für nichts interessiert, nicht für den Hüpfball von Carl, nicht für die Fingerfarben und die Bilderbücher und die Kassetten von Ela, und nicht mal für meine Puppe, die hab ich extra für sie in Textiles Werken gebastelt. Nur einmal hat sie das Gesicht verzogen, als sie das Geschenk von Janina ausgepackt hat, einen großen Kasten mit Schminkzeug. Sie hat vorsichtig einen Finger in ein Töpfchen mit roter Farbe getaucht und auf ihre Lippen getupft, so wie Ela das mit ihrem Gloss immer macht. Und dann hat sie uns angesehen, genau so wie Kasimir, wenn er Tante Bella eine Maus vor die Füße gelegt hat. Wir haben alle gelacht, weil Lotta so süß ausgesehen hat, nur Ela nicht. Dieser Schminkkasten ist ja wohl absolut daneben, hat sie gesagt, als Carl Lotta ins Bett gebracht hat.

»Wieso denn das«, hat Janina gesagt. »Jedes Kind malt sich gern an, doch normal.«

»Garantiert schmiert sie alles nur voll damit«, hat Ela gesagt, »und wer darf den Schweinkram dann wegputzen?«

Janina hat die Augen verdreht und gesagt, daß Ela schon klingt wie ihre Mutter, und da ist Ela wütend geworden. Sie hat gesagt, Janina hat keine Ahnung, wie das ist mit Lotta, den ganzen Tag nur Ärger und Arbeit, und nie kommt irgendwas zurück, und daß Carl neuerdings ständig gegen sie ist und sie im Stich läßt und nur noch an seinem Motorrad rumfummelt. Und daß nichts, was sie mal über Kinder gelernt hat, bei Lotta hilft, sie geht vor die Hunde dabei. Sie hat kaum Luft geholt, sie konnte gar nicht aufhören zu reden.

Janina weiß genau, daß bei uns nicht geraucht werden darf, aber sie hat ihre Zigaretten rausgeholt und Ela hingehalten. Und Ela hat wirklich eine genommen, sie haben beide dagesessen und geraucht und nichts gesagt, und ich hab meine neuen Bücher angeschaut und den Rucksack für die Schule, den hat Janina mir geschenkt, alle Kinder in meiner Klasse hatten schon so einen, und ich endlich auch. Dann hat Janina geseufzt und gesagt: »Wenn es wirklich so schlimm ist, wär es dann nicht besser, ihr gebt sie zurück?«

Ich hab ganz schnell meine beiden Hände in den Rucksack gesteckt und zusammengefaltet und gedacht: »Danke, lieber Gott.« Und weil in dem Moment Carl ins Zimmer gekommen ist, hab ich noch mal »danke« gedacht, ich hab gedacht, jetzt sind wir alle zusammen, und es ist Weihnachten, jetzt wird alles, was nicht stimmt bei uns, in Ordnung gebracht.

Ela hat ihre Zigarette ausgemacht. Und dann hat sie zu Janina gesagt, diese Schnapsidee hat ihr garantiert Carl in den Kopf gesetzt. Wie sie denn dasteht vor dem Jugendamt, wenn sie kapitulieren muß, als ausgebildete Kindergärtnerin. Und dann das Geld. Wie wir finanziell zurechtkommen sollen ohne den Zuschuß für Lotta, weil Carl nur einen Hungerlohn verdient in Zukunft. Und Carl hat »vielen Dank auch« gesagt und ist gleich wieder rausgegangen, und Janina hat gesagt: »Doch wohl nicht dein Ernst, daß das Geld eine Rolle spielt.«

Sie haben beide angefangen zu schreien, Ela noch viel lauter als Janina. Daß Janina den Mund halten soll, daß sie keine Ahnung hat, weil sie nur ein Single ist mit einem super Gehalt, und Janina hat geschrien, *Scheiß auf Nachbarn und Jugendamt,* und daß Ela nur verlogenen Mist abzieht, schließlich ist sie es selber gewesen, die unbedingt noch ein Kind haben mußte, auf Biegen und Brechen. Und ob sie sich überhaupt jemals die Mühe macht, sich in Lotta reinzuversetzen.

»Tag und Nacht«, hat Ela geschrien, »immerzu, was denkst du denn!« Und daß Janina keine Vorstellung hat, aus was für einer Familie Lotta kommt, asoziale Säufer, die Mutter hat Lotta total vernachlässigt und keinen Schimmer, wer der Vater ist. In so einen Saustall zurück? Nie im Leben.

Janina ist aufgestanden. »Aber bei euch bleiben, ja? Das findest du okay. Ich muß an die Luft, mir wird kotzelend, wenn ich dir zuhör.«

»Mußt du ja nicht«, hat Ela gefaucht. »Geh doch, hau endlich ab! Auf so eine Schwester kann ich verzichten.«

Und obwohl es schon fast Mitternacht war, ist Janina weggefahren, noch am Heiligen Abend. Außer mir ist niemand mit rausgegangen zu ihrem Auto, Carl war in der Garage bei seiner Maschine, und Ela hat irgendwas in der Küche gemacht. »Tschüß, Lilly«, hat Janina gesagt, und daß es ihr leid tut, aber nicht anders geht. Und daß sie sich meldet.

Aber sie hat sich nie gemeldet, nicht ein einziges Mal. Sonst wär ich jetzt bei ihr und nicht auf diesem Polizistensofa.

21

Sie kommt zu mir rein und fragt, ob es mir bessergeht und ob ich irgendwas brauch. Ich möchte hier liegenbleiben, sie soll verschwinden. Ich hab Durst, sag ich, aber nur, damit sie weggeht, wenigstens für ein paar Minuten noch.

Sie geht zurück in das andere Zimmer und sagt, sie braucht noch mehr Cola. Irgendwer ist bei ihr da drüben, ein Mann. Daß nichts mehr da ist, sagt er, und daß sie schließlich nur eine kleine Polizeistation sind und keine Kantine haben. Er soll irgendwo was zu trinken auftreiben, sagt sie, egal wo und wie, sonst kann er gerne mit ihr die Arbeit tauschen, sie ist auch nicht scharf auf den Job. Ich hör, wie ein Stuhl gerückt wird und der Mann sagt: »Ich guck mal im Keller nach.«

Fast hätt ich geschrien, er soll da nicht hingehen, mein Kopf ist ganz leer geworden bei dem Wort, ich kann nichts dagegen tun, so stell ich mir Ertrinken vor. Ich weiß, für die meisten Leute ist es ganz normal, in den Keller zu gehen, sie bewahren da Getränke auf oder Skistiefel oder Werkzeug, manche haben auch Tischtennisplatten da unten. Aber wir nicht. Ich will nicht daran denken, ich will was Schönes denken. Weihnachten.

Ela hat mir Bücher geschenkt, auch eins über Pflanzen

und wie man sie pflegt. Damit ich ihr helfen kann, wenn wir im Frühling den Garten bestellen, hat sie gesagt. Am ersten Weihnachtstag haben wir uns zusammen aufs Sofa gesetzt und all die Blumen ausgesucht, die wir haben wollen, Kapuzinerkresse und Sonnenblumen und Goldlack und Rittersporn und knallroten Mohn, aber im Frühling hat keiner von uns mehr an die Blumen gedacht. Auch nicht mehr ans Gartenhäuschen. Oder an das Klavier. So vieles, was wir machen wollten und nie getan haben. Wenn ich nach dem Hund gefragt hab, den ich kriegen soll, haben sie weggeguckt und gesagt: »Vielleicht später mal.«

Aber am zweiten Weihnachtstag hat es vormittags an unserer Haustür geklingelt, Ela hat aufgemacht, ich hab gehört, daß es Herr Muus war, und bin ganz schnell hingelaufen, weil ich Angst gehabt hab, er sagt was über die Haselnüsse und daß ich bei ihm drüben gewesen bin. Er hatte einen roten Pullover an, mit weißen Rentieren drauf, bestimmt von seinem Freund zu Weihnachten. »Tag, Lady Lilly«, hat er gesagt, »fröhliche Weihnachten. Ich hab gedacht, ich sollte dir mal eine kleine Freude machen.« Er hat mir einen Briefumschlag gegeben, der war mit einer roten Schleife umwickelt und mit goldenen Sternen beklebt.

»Wieso das?« hat Ela gesagt. Ich hab gesehen, daß sie ganz plötzlich diese Falte zwischen den Augen gehabt hat, und ich hab gebetet, daß Herr Muus den Mund hält. Im gleichen Moment ist in der Garage die Bohrmaschine angegangen, und ich hab gehofft, daß Ela ihre Frage vergißt, weil sie sich immer gleich über Carl geärgert hat, wenn er an seiner Maschine gebastelt hat, und jetzt sogar zu Weihnachten.

»Oh. Da ist jemand aber fleißig«, hat Herr Muus gesagt, und dann hat er erzählt, daß er einen Bekannten hat, der arbeitet im Spaß-Bad *Bergische Sonne,* nur eine halbe Autostunde von Niederbroich, der hat ihm drei Eintrittskarten besorgt für uns. Wir müssen nur die Badehosen einpacken und hinfahren, hat Herr Muus gesagt, und Spaß haben.

Ich war total sicher, Ela sagt *nein danke,* und ich muß den Umschlag mit der Schleife und den Sternen zurückgeben. Alle Kinder in meiner Klasse sind schon mal in der *Bergischen Sonne* gewesen, nur ich nicht, einer hat sogar mal seinen Geburtstag da gefeiert mit sechs anderen, und Franziska kriegt die *Bergische Sonne* immer als Belohnung für eine gute Note. Ich hatte Carl und Ela auch schon mal gefragt, aber sie hatten gesagt, das ist zu teuer.

Ich glaub, Herr Muus hat gemerkt, daß Ela sein Geschenk nicht haben wollte. Er hat sich ein bißchen vorgebeugt und gesagt: »Sie können die Karten ruhig annehmen, ich hab sie nämlich selbst geschenkt bekommen, falls Ihnen das Sorgen macht.« Er hat geschmunzelt und noch mehr ausgesehen wie ein Uhu als sonst.

Und Ela hat tatsächlich gesagt: »Dann vielen Dank.«

»Bitte, gern geschehen«, hat Herr Muus gesagt und mir viel Vergnügen und schöne Weihnachtsferien gewünscht, dann ist er gegangen.

Ich hab gedacht, jetzt fragt Ela mich bestimmt, woher Herr Muus meinen Namen kennt, ich durfte ja nicht mit ihm sprechen. Aber sie ist gleich in die Garage rübergelaufen, und Carl hat die Bohrmaschine ausgestellt und gesagt, er weiß schon, was jetzt kommt, bevor sie überhaupt etwas sagen konnte. Er hat seinen dreckigen grünen Overall angehabt und darüber die alte Lederjacke, und er hat *Hokuspokusfidibus* gesagt und einen Ohrring aus der Tasche gezogen, drei kleine Silberkügelchen an einem Faden, den hat er im Beiwagen gefunden. Er hat ihn Ela gegeben und »Frieden« gesagt, es hat wie eine Frage geklungen.

Ela hat sich sofort total gefreut und den Ohrring gleich angezogen und im Seitenspiegel vom Motorrad geguckt, ob er ihr steht, dabei hat sie Carl von den Eintrittskarten für die *Bergische Sonne* erzählt und daß Herr Muus die von einem Bekannten hat. Bei dem Wort *Bekannter* hat sie die Mundwinkel verzogen, und sie hat die Karten nur genommen, damit Herr Muus schnell wieder verschwindet, hat sie gesagt.

Carl fand es nett von Herrn Muus. Und daß er Ela wahnsinnig gern mal wieder in ihrem schicken Badeanzug sehen möchte, hat er gesagt, und wenn wir nur eine Karte kaufen müssen, können wir es uns leisten.

»Wieso eine Karte?« hat Ela gefragt und den Ohrring auch an ihrem anderen Ohr ausprobiert. Carl hat solange ihre Haare nach hinten gehalten und gesagt: »Na, für Lotta.«

Aber Ela wollte Lotta nicht dabeihaben, sie ist viel zu klein, hat sie gesagt, sie ist wasserscheu, die dreht doch durch in so einer Umgebung mit den tausend Menschen, die quengelt und heult doch nur. Wenn er Lotta unbedingt mitnehmen will, bleibt sie selber jedenfalls zu Haus.

In den nächsten Tagen hat Carl es immer wieder versucht, aber Ela hat sich nicht umstimmen lassen, entweder sie oder Lotta, hat sie gesagt, und damit basta. Als Carl gefragt hat, wie wir das machen sollen, wir können Lotta doch nicht stundenlang allein lassen, hat Ela gesagt, sie findet schon eine Lösung.

Ich würde lieber an Herrn Muus denken und wie lustig er ausgesehen hat mit dem Rentierpullover, aber wenn ich an den Rentierpullover denk, muß ich auch an den Umschlag mit den Sternen denken und an das Spaß-Bad. Und an den Keller, es geht gar nicht anders.

In dem einen Raum sind die Heizung und die Waschmaschine, in dem großen Raum daneben trocknen wir immer die Wäsche im Winter, und Regale haben wir da, für Vorräte und die Sachen, die wir nicht so oft brauchen, Elas Nähmaschine und Werkzeug von Carl und die alten Umzugskartons, eigentlich sollte da immer die Tischtennisplatte hinkommen. Ela hat gesagt, da ist es trocken und warm, da kann man ein gemütliches Bett für Lotta improvisieren und Essen und Trinken für sie hinstellen.

»Und wenn sie Angst kriegt? Und schreit? Und aus dem Haus rennt?« hat Carl gefragt. Und Ela hat gesagt, Carl ist ein Schaf, genau deswegen bringt sie Lotta doch runter, damit sie in Sicherheit ist und nicht weglaufen kann. Und außerdem gibt sie ihr eine Tablette, so wie beim Schulkonzert, dann kann sie ganz friedlich ausschlafen.

Carl hat sich an die Stirn getippt, aber Ela hat gesagt, es ist die absolute Ausnahme und nur für einen Tag, und er soll endlich kapieren, daß diese Lösung auch für Lotta die beste ist, so ein Ausflug kann nur der pure Horror für sie sein.

Am nächsten Tag hat Ela mich gefragt, ob ich mit ihr zusammen den großen Kellerraum aufräume und für Lotta herrichte. Ich hab mich gefreut, weil wir dann bald ins Spaß-Bad fahren würden. Aber ich hab auch Mitleid mit Lotta gehabt, ich hätt nicht einen ganzen Tag allein im Keller bleiben wollen, auf der Treppe war es ziemlich duster, wenn ich da mal runter mußte mit der Wäsche oder so, hab ich immer die Tür zur Küche weit offengelassen und mich beeilt, damit ich schnell wieder nach oben kann.

Alles, was rumgelegen hat, haben wir in einen Schrank gepackt, dabei hat Ela auch die Tüte mit den Nüssen gefunden und sich so aufgeregt. Den Wäscheständer haben wir in den Heizungsraum gestellt, damit Lotta ihn nicht umschmeißt und die ganze saubere Wäsche wieder dreckig macht, ich hab gefegt, und Ela hat gewischt, dreimal mußte ich ihr frisches Wasser bringen, so schmutzig ist es gewesen. Höchste Zeit, daß wir hier mal Ordnung schaffen, hat sie gesagt.

In einer Ecke hat sie eine Isomatte auf den Boden gelegt und darauf eine Schaumstoffmatratze, die hat sie mal aus dem Kindergarten mitgebracht, da sollte sie auf den Müll, aber Ela hat gedacht, wenn wir das Spielhaus kriegen im Garten, können wir sie noch gut gebrauchen. Und auf die Matratze hat sie ein Gummituch gelegt, falls Lottas Windel nicht dicht hält, und dann ein Laken und ein Kissen und den alten Schlafsack von Carl, mit den blauen und roten Streifen. Das Lager sah gemütlich aus, ich hab fast Lust gehabt, mich draufzulegen. Daneben hat sie auch noch einen kleinen Tisch gestellt für Lottas Essen und Trinken, und eine Klemmlampe an den Tisch gemacht, damit Lotta es gemütlich hat.

Am Tag vor Silvester sind wir zur *Bergischen Sonne* gefahren. Ela hat Lotta morgens gleich zwei Tabletten gegeben, vorsichtshalber, hat sie gesagt, damit Lotta schön lange schläft. Wir sind alle mit ihr runtergegangen, Carl hat sie getragen, sie hat die Augen gar nicht richtig aufgemacht, ihr Kopf hat auf seiner Schulter gelegen. Er hat sie in den Schlafsack gepackt und ihr den Teddy in den Arm gelegt, und Ela hat ein appetitliches Tablett auf den Tisch gestellt, mit belegten Brothäppchen und einer Orange, schon in Schnitze geteilt, und einem Glas Milch. Lotta hat überhaupt nicht gemerkt, wo sie war, glaub ich, aber sie hat ganz zufrieden ausgesehen. »Siehst du«, hat Ela Carl zugeflüstert, dann sind wir nach oben gegangen, und Ela hat den Riegel vor die Kellertür geschoben.

Unterwegs im Auto war es zuerst ziemlich komisch, keiner hat geredet, ich glaub, wir haben alle immerzu nur an Lotta gedacht. Aber dann hat Ela gesagt, wenn wir den ganzen Tag stumm sein wollen wie die Fische, dann können wir auch gleich umkehren, und was daran so schlimm ist, wenn wir auch mal ein bißchen Spaß haben wollen. Daß sie seit Monaten nur Streß gehabt hat und es sich jetzt ein einziges Mal gutgehen lassen will, hat sie gesagt. Ich hab vorgeschlagen, daß wir was zusammen singen, so wie früher, und Ela hat gesagt: »Gute Idee, Lilly«, und mir einen Luftkuß nach hinten geschickt.

Wir haben den ganzen Weg bis zur *Bergischen Sonne* gesungen, mit einem Weihnachtslied haben wir angefangen, aber Ela hat gesagt, bei Weihnachtsliedern muß sie immer weinen, und da haben wir unsere Lieblingslieder gesungen, *Komm lieber Mai und mache* für Carl, *Der Mond ist aufgegangen* für mich und *Geh aus mein Herz und suche Freud* für Ela, sie kann alle fünfzehn Strophen. Carl hat nach der dritten Strophe nur noch gepfiffen, und ich hab überlegt, wann wir das letzte Mal gesungen haben, alle zusammen, und dann ist es mir eingefallen: *Nicht vergessen, Lotta Jessen.*

Aber ich hab dann doch nicht mehr an Lotta gedacht, weil es so toll war in der *Bergischen Sonne.* Wir sind ganz lange in dem großen Becken gewesen, wo alle halbe Stunde riesige Wellen gemacht werden, wir haben uns angefaßt und sind bei jeder Welle hochgesprungen und haben gekreischt. Und Carl ist mit mir die Rutsche runtergesaust, bestimmt zwanzigmal, und zwischendurch sind wir ins Restaurant gegangen und haben Schnitzel gegessen, und ich hab Eis zum Nachtisch gekriegt. Carl hat mitgezählt, wie oft die anderen Männer sich nach Ela umdrehen, und Ela hat gesagt, sie ist froh, daß Carl keine Haare auf der Brust hat.

Sie wollte unbedingt in die Sauna, weil das gesund ist, man schwitzt den ganzen Dreck raus und fühlt sich hinterher wie neugeboren. Sie hat gefragt, ob Carl sich daran erinnern kann, wie sie das erste Mal zusammen in eine Sauna gegangen sind und er immer nur auf dem Bauch liegen konnte, sie haben beide gelacht und sich umarmt und geküßt, und ich hab nicht verstanden, was daran so komisch ist. Ela hat überhaupt den ganzen Tag gelacht und mit Carl und mir rumgealbert, sie war so gut drauf wie seit Ewigkeiten nicht.

Aus der Sauna bin ich aber gleich wieder rausgegangen, mir ist es da zu heiß gewesen, ich hab mich auf eine Bank gesetzt und die Leute angeguckt, die vorbeigekommen sind. Eine dicke Frau hab ich da gesehen, bestimmt nicht älter als Ela, die hatte einen Bikini an. Das sah nicht so gut aus, Ela sagt immer, Bikinis sind nur was für Frauen mit tadelloser Figur. Die dicke Frau hat einen kleinen Jungen in einer roten Badehose hinter sich hergezogen, der hat ganz laut geheult, ich weiß nicht, warum. Sie hat geschrien, er soll endlich aufhören und die Klappe halten, sonst vermöbelt sie ihn, und als er nicht aufgehört hat, hat sie ihn an den Schultern gepackt und geschüttelt und gebrüllt: »Du hältst auf der Stelle dein Maul!« Und der Junge hat seinen Arm vor sein Gesicht gehalten, weil er gedacht hat, sie schlägt ihn.

Ich hab gedacht, wenn ich eine Mutter hätte, die mich schlägt, würde ich bestimmt weglaufen von zu Haus, und dabei ist mir die Ohrfeige eingefallen, die Carl mir aus Versehen gegeben hat, weil Lotta mein Matheheft zerrissen hat, und dann hab ich schon wieder nur noch Lotta im Kopf gehabt. Als Ela und Carl aus der Sauna gekommen sind, hab ich gefragt, ob wir ihr nicht irgendwas mitbringen können, und wir sind am Ausgang in einen Shop gegangen, und ich durfte etwas aussuchen. Erst wollte ich ein Kuscheltier nehmen, weil Lottas Teddy so abgenutzt ist, aber dann hab ich gedacht, bestimmt will sich Lotta nicht von ihrem Teddy trennen, und ich hab einen Delphin ausgesucht, den man in der Badewanne aufziehen und schwimmen lassen kann.

Zu Haus bin ich gleich in den Keller gegangen, aber sie hat geschlafen, sie hatte nichts gegessen und auch nichts getrunken. Carl hat versucht, sie aufzuwecken, aber er hat es nicht geschafft, und als er sie nach oben tragen wollte, in ihr Bett, hat Ela gesagt, er soll sie unten lassen für diese eine Nacht, sonst sind wir alle gerade eingeschlafen und sie wacht auf und macht Theater. Und daß wir das alle nicht gebrauchen können nach dem anstrengenden Tag.

Also haben wir Lotta im Keller gelassen. Den Delphin hab ich neben sie gelegt, damit sie etwas hat, worüber sie sich freut, wenn sie aufwacht.

22

Sie hat mir einen Pappbecher mit Limonade gebracht und sich aufs Sofa gesetzt, ganz dicht neben mich. Jetzt hab ich wirklich Durst, ich mag aber nicht trinken, die gelbe Flüssigkeit erinnert mich an Lottas Pipi.

Ich weiß, sie wartet darauf, daß ich was sag. Sie guckt mich an, und ich guck in den Pappbecher, das gelbe Zeug kommt aus dem Keller.

Sie räuspert sich, dann sagt sie: »Willst du eigentlich gar nicht wissen, wie es ihr geht?«

Erst denk ich, sie redet von Ela. Aber dann weiß ich gleich wieder, wen sie meint. Wie es Ela geht, ist ihr bestimmt egal, ich wette, sie könnte tot sein, und die hier würde nur denken, sie hat es verdient. Mein Mund ist von innen ganz ausgetrocknet, als ich mal Fieber hatte, war das genau so ein Gefühl.

Sie sagt: »Es geht ihr sehr schlecht. Aber sie lebt.« Und dann sagt sie: »Noch.«

Sie sieht mich die ganze Zeit an dabei, ich merk das, obwohl ich immer nur in den Becher guck. Sie lächelt schon lange nicht mehr, sie ist ungeduldig, sie will bestimmt nach Haus, zu ihrem Sohn, aber sie muß hierbleiben und auf mich aufpassen. Sie denkt, wenn sie mich tausendmal das gleiche fragt, antworte ich irgendwann und erklär ihr, wie alles gekommen ist. Das kann sie dann aufschreiben für mich, hat sie gesagt. Ich kann aber nichts erklären. Ich weiß ja nicht mal, wann es angefangen hat. Ob da irgendwann mal so ein Moment gewesen ist, in dem vielleicht alles wieder gut werden konnte. Ich weiß es ganz einfach nicht.

Wenn mir irgendwas passiert, irgendwas Ungewöhnliches, was besonders Schönes oder Schlimmes, dann merk ich es oft gar nicht richtig, jedenfalls nicht gleich. Wenn Frau Zander uns die Aufsätze zurückgibt und ich hab eine Eins, ist es in mir ganz komisch ruhig, ich kann mich erst viel später freuen, nach der Schule, wenn ich vom Bus nach Haus geh und allein bin.

So ähnlich ist es mit Lotta. Wenn ich mit ihr zusammengewesen bin, ist mir alles völlig normal vorgekommen. Nur später, meistens im Bett abends oder wenn ich allein durch den Garten gegangen bin, hab ich angefangen nachzudenken, und dann hab ich gewußt, daß es nicht richtig ist, was mit ihr passiert.

Seit dem Tag nach unserem Ausflug ins Spaß-Bad hat sie wieder oben bei mir in meinem blauen Zimmer geschlafen. Ich fand es nicht mehr so schlimm, weil sie nicht mehr ins Bett gemacht hat, sie hat immer Windeln angehabt, die hat Ela alle paar Wochen aus einem Supermarkt in Grevenrath geholt, immer gleich fünf oder sechs große Packungen. Bei uns in Niederbroich wollte sie die nicht kaufen, sonst wird sie noch blöd angequatscht und ausgefragt, hat sie gesagt.

Überhaupt wollte Ela nicht, daß die Leute in Niederbroich irgendwas über Lotta wissen, das geht niemanden was an, hat sie gesagt, und daß ich auch meinen Freundinnen auf dem Gymnasium am besten nichts erzähl von ihr. Ich hab überhaupt keine Freundinnen, aber das hab ich Ela nicht gesagt, ich hab nur gefragt, was ich sagen soll, wenn mal die Rede auf unsere Geschwister kommt, und daß es gelogen ist, wenn ich dann sag, ich hab keine.

»Wieso gelogen«, hat Ela gesagt, »du bist doch gar nicht verwandt mit Lotta.«

Sie hat das so gesagt, als wenn sie eine Tür zumacht. Oder nach dem Geschirrspülen den Lappen auswringt und über den Wasserhahn hängt, *klar Schiff,* sagt sie dann manchmal, und man weiß, jetzt kommt was anderes dran. Und auf einmal war Lotta gar nicht mehr meine Schwester, nicht so richtig jedenfalls. Sie war ein fremdes Kind, und wir haben nur auf sie aufgepaßt, weil ihre Eltern sie nicht haben wollten.

Eigentlich war ich froh, daß ich niemandem was von ihr sagen muß, weil es ziemlich peinlich gewesen wär, mit ihr irgendwohin zu gehen. Ich hätt jedenfalls nicht mit ihr auf den Spielplatz gewollt, wo die anderen Kinder manchmal mit ihren kleinen Geschwistern sind, alle hätten doch sofort gesehen, daß mit Lotta was nicht stimmt, schon wegen der Windeln und weil sie nicht richtig sprechen kann, bestimmt hätten alle gedacht, auch mit mir stimmt was nicht.

Am Neujahrstag haben Ela und ich die Weihnachtsgeschenke aus dem Wohnzimmer geräumt, und Ela hat gesagt, sie nimmt den ganzen Kram, den Lotta bekommen hat und nicht haben will, mit in den Kindergarten, wenn sie da nach dem Dreikönigstag anfängt, und auch den Schminkkasten von Janina und den Delphin zum Aufziehen aus der *Bergischen Sonne,* mit dem hat sie nie gespielt, nicht ein einziges Mal, das hat mich ein bißchen geärgert. Ich hab gefragt, ob sie denn gar nicht glaubt, daß das mit Lotta noch mal anders wird. Sie hat gesagt, sie hat keine Ahnung, und daß Lottas richtige Eltern schuld daran sind, daß Lotta so zurückgeblieben ist. Und daß Lottas Eltern asozial sind, das hat ihr diese Frau Ruland vom Jugendamt damals in Korden-Ehrbach erzählt.

Warum die Leute vom Jugendamt hier nie nachgucken kommen, wie es Lotta bei uns geht, hab ich gefragt, weil ich gedacht hab, die müssen das doch, weil sie die Verantwortung haben. Ela hat gesagt, wahrscheinlich ist Lottas Akte irgendwo auf dem Weg zwischen Korden-Ehrbach und Niederbroich verschwunden, so was kann passieren, aber wenigstens klappt es mit dem Geld. Sie vermißt diese Schnüffler auch gar nicht, die haben doch alle keine Ahnung, wie es im praktischen Leben zugeht. Immer nur weltferne Ratschläge, aber wirkliche Hilfe ist nicht zu erwarten von denen. Die predigen doch auch nur Geduld Geduld, aber wie man das hinkriegen soll, mit einem zurückgebliebenen Kind und einem Job demnächst und einem Mann, der jede Nacht Kranke pflegt und tagsüber schlafen will, das wissen die auch nicht.

Am Tag nach Neujahr hat Carl am Krankenhaus in Grevenrath angefangen, er hat sich freiwillig für die Nachtschicht gemeldet, weil er mehr verdient dabei. Außerdem mußte ja vormittags einer zu Haus bei Lotta sein, wenn Ela im Kindergarten war. Carl hat gesagt, er arbeitet gern nachts, da ist weniger los bei den Kranken.

Meistens ist er nach Haus gekommen, wenn wir gerade gefrühstückt haben, Ela, Lotta und ich. Anfangs hat er sich dann immer eine Weile zu uns gesetzt, oft hat er dann noch diese weißen Krankenhaussachen angehabt, damit sah er immer ganz anders aus, fast wie ein Arzt, und er hat erzählt, was in der Nacht passiert ist, ein Magendurchbruch oder jemand ist gestorben, aber Ela wollte so was nicht hören. Keine Horrorstories beim Frühstück, hat sie gesagt, und Carl hat dann nur immer noch kurz *Hallo* gesagt und ist gleich ins Bett gegangen. Und Lotta hat beim Frühstück eine Tablette bekommen, damit sie den Vormittag über schläft und Carl seine Ruhe hat.

Komisch, aber sie hat die Tabletten immer ganz brav geschluckt, vielleicht, weil sie danach jedesmal von Ela einen Bonbon bekommen hat. Eigentlich ist sie nie mehr richtig wach gewesen, immer sind ihre Augen zugefallen, auch nachmittags wollte sie nur schlafen. Ela fand das nicht schlimm, sie hat gesagt, sie ist erleichtert, daß sie erst mal Ruhe hat, wenn sie aus dem Kindergarten kommt, da ist es anstrengend genug.

Aber da haben sie ihr schon am zwölften Februar wieder gekündigt, genau einen Tag vor ihrem Geburtstag. »Super Geschenk«, hat Ela gesagt, »echt nette Kolleginnen, Arschkriecherinnen, allesamt.« Aber das war am Abend, da hat sie was getrunken, sonst redet sie nicht so.

Zuerst hab ich gar nichts gemerkt. Als ich vom Schulbus gekommen bin, war sie zu Haus und so wie immer. Aber dann wollte ich nachmittags bei ihr in der Küche meine Hausaufgaben machen, da hat sie am Kühlschrank gelehnt und aus einer Schnapsflasche getrunken. Und sie hat gekocht, das tut sie sonst nie am Nachmittag, wir essen mittags immer warm, und abends gibt es nur Brot, aber sie hat

Suppe gemacht, aus Kürbis aus unserem Garten, der ist da ganz von allein gewachsen, sie hat ihn im Herbst eingefroren. Sie hat Fleisch und Kartoffeln und Gemüse gekocht, und sogar Pudding. Ich hab schon gehofft, wir kriegen Besuch, vielleicht sogar Janina, aber ich mochte nicht fragen, weil Ela irgendwie komisch war.

Ich hab mich an den Tisch gesetzt und Mathe gemacht und meine Haare vor mein Gesicht fallen lassen, da kann ich durchgucken, und ich hab gesehen, daß sie zwischendurch einfach aufgehört hat zu schneiden oder zu rühren, und sie hat immerzu diese Falte gehabt zwischen den Augen, und sie hat zu Lotta rübergestarrt, die hat auf der Eckbank gelegen und an ihrem Teddy genuckelt.

Später hat sie mich raufgeschickt, ich soll Carl wecken und zum Essen holen, und er hat gesagt, das sind ja ganz neue Moden, weil er sonst immer in der Krankenhauskantine ißt, aber er ist mit mir runtergegangen. Sie hatte den Tisch gedeckt, wie sonst nur am Sonntag, mit Servietten und Kerzen, und Lotta hat sie einen frischen Latz umgebunden, dabei haben ihre Finger gezittert, und sie hat die Schleife nicht hingekriegt.

»Was ist denn hier los«, hat Carl gesagt, »gibt es was zu feiern?« Er hat sich gefreut, und ich hab gedacht, er wünscht sich genauso wie ich, daß irgendwas Schönes passiert ist.

»Erzähl ich dir gleich«, hat Ela gesagt, und dann: »Verdammt«, und sie hat die Bänder vom Latz einfach zugeknotet.

Sie hat Wein eingegossen für sich und Carl, obwohl er gar nicht gewollt hat, wegen der Arbeit, und dann haben wir die Suppe gegessen, und Lotta hat ziemlich rumgekleckert, nicht nur auf den Latz, sie konnte noch nie so gut Suppe essen, weil sie den Löffel immer falsch hält. Aber Ela hat gar nicht hingeguckt. Sie hat ihren Wein hochgehoben und zu Carl gesagt: »Trinken wir. Darauf, daß ich ab heute ein freier Mensch bin. Und den ganzen Tag zu Haus bleiben kann.«

»Was soll denn das jetzt heißen«, hat Carl gesagt, und Ela: »Du kapierst nie was, oder? Ich hab keinen Job mehr. Fristlos gekündigt.«

Wieso gekündigt, hat Carl gefragt, weil sie immer erzählt hat, daß die im Kindergarten so glücklich sind über sie.

»Wieso wieso«, hat Ela gesagt, »kennst du kein anderes Wort! Was weiß ich, wieso.« Und sie hat ihr Glas in einem Zug ausgetrunken.

Carl hat ihr das Glas weggenommen und gesagt, sie soll sich zusammennehmen, man wird nicht fristlos gekündigt ohne Grund. Sie ist aufgesprungen und rausgelaufen, und Lotta hat angefangen zu heulen, Carl hat sie auf seinen Schoß genommen und gesagt: »Ist ja schon gut, ist ja schon gut.« Aber sie hat nicht aufgehört, und da hat er sie mir auf den Schoß gesetzt und ist zur Arbeit gegangen.

Ich hab Lotta ins Bett gebracht und dann die Küche aufgeräumt, den Tisch abgedeckt, abgewaschen, die Töpfe mit dem ganzen Essen in den Kühlschrank gestellt, obwohl ich noch Hunger hatte, aber ich hab nicht gewußt, ob ich mir einfach was vom Pudding nehmen darf.

Als ich den Herd geputzt hab, ganz zum Schluß, ist Ela wieder in die Küche gekommen, mit ganz verquollenen

Augen. Sie hat mich in die Arme genommen, und ihre Tränen sind über mein Gesicht gelaufen. »Ach Lilly«, hat sie geschluchzt, »du bist die einzige, die mich noch liebhat. Du darfst mich nie verlassen, hörst du?«

Ich hab es ihr versprochen. Und dann haben wir uns nebeneinander auf die Eckbank gesetzt, ich hab Pudding gegessen, und Ela hat Wein getrunken, und sie hat mir erzählt, daß die Kolleginnen im Kindergarten sie nicht leiden können und ihr immer die schwierigsten und ekelhaftesten Kinder aufs Auge drücken, die jeden fertigmachen. Und daß heute wieder so ein furchtbarer Tag war, die Kinder außer Rand und Band, und daß sie deshalb in der Frühstückspause einen Schnaps trinken mußte, nur einen ganz kleinen, zur Beruhigung, weil sie so am Ende war mit den Nerven. Sie hat es in der Küche gemacht, heimlich, aber eine Kollegin, die immer hinter ihr herschnüffelt, hat es gesehen und gleich der Leiterin vom Kindergarten weitergetratscht. Daß es nicht das erste Mal gewesen wär, hat sie auch noch behauptet. Und da mußte Ela sich wehren, und es hat einen Riesenkrach gegeben, und sie haben ihr gekündigt.

Ich hab gesagt, sie kann sich doch eine neue Stelle suchen, in irgendeinem anderen Ort in der Nähe, aber sie hat gesagt, die kriegt sie nicht, weil die Kolleginnen Klatschweiber sind und alles rumerzählen, nicht nur bei uns in Niederbroich, sondern in der ganzen Gegend. »Doch alles eine Mafia hier«, hat sie gesagt und noch eine Flasche Wein aufgemacht.

Ich hab Angst gehabt, daß wir nicht genug Geld haben, wenn Ela nicht arbeitet, und vielleicht schon wieder umziehen müssen, aber sie hat gesagt, ich soll mir keine Sorgen machen, wenn sie zu Haus bleibt, kann sie viel besser sparen. Ich hab darauf gewartet, daß sie auch was von dem Geld sagt, das regelmäßig für Lotta kommt, aber sie hat nicht davon gesprochen. Trotzdem mußte ich immerzu daran denken, daß es uns hilft. Aber ich hab nicht gewußt, ob ich das gut finden darf oder nicht.

23

Ich muß ihr wieder gegenübersitzen, auf dem Schreibtisch liegt noch mein Bild vom Schulkonzert. Sie nimmt ihren Schlips ab und macht zwei Knöpfe an ihrem Hemd auf, als wär ihr heiß, aber ich glaub, sie ist nur wütend, weil ich immer noch nichts sag. Neben dem Bild liegt ihr Block, sie hat die ganze Seite mit Kästchen vollgekritzelt, darüber hat sie das Datum von heute geschrieben. Und einen Namen, in großen Buchstaben. *Dagmar Körber.* Ich kann gut über Kopf lesen und auch Spiegelschrift, von hinten heiß ich *Nessej Yllil,* Sarah sagt immer, das hört sich an wie Türkisch, aber *Rellüm Haras* klingt genau so türkisch, finde ich.

Es dauert ziemlich lange, bis ich kapier: Das ist Lotta, diese Dagmar Körber. Aber irgendwie krieg ich diesen Namen nicht zusammen mit der Lotta, die ich kenn, und mir fällt ein, daß ich eigentlich überhaupt nicht weiß, wie es ihr gegangen ist, bevor sie zu uns gekommen ist. Ich weiß nur, sie war im Heim, und ihre Eltern sind schlimme Leute. Dabei muß in den fünf Jahren, in denen Lotta Dagmar gewesen ist, schon ganz viel passiert sein. Ela hat mal erzählt, daß die ersten vier bis fünf Jahre im Leben eines Menschen total wichtig sind, alles, was da geschieht, hat Auswirkungen auf seine Zukunft, und man kann nichts wirklich Wichtiges mehr ändern.

Der Name hat damals auch auf der Mappe gestanden, die diese Frau Ruland vom Jugendamt in Korden-Ehrbach dabeigehabt hat, das ganze Haus hat Ela für die blöde Tante saubergemacht, aber gekümmert hat die sich nie. Nicht ein einziges Mal ist sie gekommen, um nach Lotta zu gucken. Oder Dagmar. Oder Ela. Mein Gesicht wird ganz heiß, das ist immer so, wenn ich wütend werde. Ich hasse diese Frau Ruland. Und Ela hab ich lieb.

Sie hat mir so leid getan. Überall hat sie rumtelefoniert, wenn ich von der Schule gekommen bin, haben immer die Gelben Seiten auf dem Küchentisch gelegen, die Kindergärten waren angestrichen, mit Rot. Aber die haben ihr kein gutes Zeugnis gegeben in Niederbroich, deshalb hat es nie geklappt. Zu Carl hat sie gesagt, mit dem Wisch kann sie sich bestenfalls den Arsch abputzen.

»Mußt du immer so reden«, hat Carl gesagt, und Ela hat gefragt, wieso er neuerdings so etepetete ist, ob er das von den alten Tüffeln da in seinem Krankenhaus hat, um die er sich tausendmal mehr kümmert als um seine Familie. Aber sie war betrunken, als sie das gesagt hat.

Das mit dem Trinken war eklig. Sie hat es nur getan, weil sie unglücklich war und keine Arbeit hatte und kein Geld, immer nur Probleme mit Lotta, und mit Carl hat sie sich auch nicht mehr verstanden, oder nur ganz selten. Aber trotzdem. Ich hätt es besser gefunden, sie hätte geweint, anstatt zu trinken, dabei hab ich früher immer gedacht, wenn sie weint, ist es das Allerschlimmste, weil das mit der Zeit vor Tante Bella zu tun hatte. Aber wenn sie weint, kann ich sie manchmal trösten. Wenn sie betrunken ist, hilft überhaupt nichts.

Manchmal hat sie schon vormittags damit angefangen, dann hat sie geschlafen, wenn ich aus der Schule gekommen bin. Am liebsten in meinem Bett, und im Bett daneben hat Lotta gelegen und auch geschlafen. Sie ist dann immer erst nachmittags aufgestanden, meistens hat sie dann Kopfweh gehabt.

An anderen Tagen haben wir richtig zu Mittag gegessen, aber dann war sie ungeduldig und hat sich über alles mögliche geärgert, meistens über Lotta, wenn die so mit dem Kopf gewackelt hat, immer gegen die Stuhllehne, oder wenn das Essen aus ihrem Mund gefallen ist, und wenn sie geweint hat, dabei hat sie viel seltener rumgequengelt als früher, sie hat jeden Morgen ihre Tabletten gekriegt, obwohl Ela jetzt immer zu Haus war. Ela hat sich dann die Hände auf die Ohren gepreßt und gesagt, sie hält das Gewimmer nicht aus, ihr platzt der Kopf. Daß Carl seine Ruhe braucht, hat sie auch immer gesagt, auch wenn Carl gar nicht geschlafen hat, wenn er in der Garage an seiner Maschine gebastelt hat. Und nie hat sie abgewartet, bis ich meinen Teller leer hatte, sie selber hat so gut wie nichts gegessen. Daß sie sich hinlegen muß, hat sie gesagt, und dann ist sie ins Wohnzimmer gegangen und hat sich aufs Sofa gelegt, aber ich hab gewußt, vorher trinkt sie was, im Wohnzimmerschrank stehen auch Flaschen.

Ich hab Lotta dann immer mit in mein Zimmer genommen und hab gelesen oder für die Schule gelernt, Lotta hat auf ihrem Bett gelegen und am Teddy genuckelt und mir zugeguckt, bis sie eingeschlafen ist. Irgendwie hab ich das schön gefunden, alle im Haus haben geschlafen, nur ich war wach und hab auf sie aufgepaßt.

Carl hat manchmal alle Flaschen leer gegossen, aber dann sind immer gleich neue dagewesen. Das mit Lottas Tabletten hat er auch nie gut gefunden, Ela soll damit aufhören, hat er gesagt, sonst gewöhnt Lotta sich daran und kann nicht mehr ohne. Ela hat trotzdem weitergemacht damit, und Lotta ist immer stiller geworden und ihr Gewackel mit dem Kopf immer schlimmer, als wenn er zu schwer für sie wär.

Einmal hab ich eine Eins in Musik gekriegt, an einem Freitag, kurz vor den Osterferien, weil ich als einzige die Dreiklänge gelernt hatte. Ela hat Griesbrei gemacht, extra für mich zur Belohnung, mit Zucker und Zimt und Apfelmus, ich eß das so gern. Ela hat für Lotta eine kleine Portion Brei auf den Teller gefüllt und in die Mitte einen Zukkerkreis mit Zimt darin gemacht und an die Ränder lauter Apfelmuskleckse, das sieht dann aus wie eine Blume. Damit hat sie sich neben Lotta gesetzt, sie hat ihr den Teddy aus dem Mund gezogen und gesagt: »Sieht das nicht schön aus? Probier doch mal.«

Ich hab gedacht, jetzt freut sich Lotta, Sachen, die schön aussehen, schmecken irgendwie auch besser, aber Lotta hat die Hand hochgehoben und mitten in den Teller gepatscht, der Griesbrei und das Apfelmus sind nur so rumgespritzt, alles war voll, bis in Elas Gesicht und auf die Fensterbank ist es geflogen, und Ela hat geschrien vor Schreck, sie hat Lotta vom Stuhl gezerrt und zur Spüle geschleppt, und Lotta hat gekreischt wie am Spieß, sie wollte den eingesauten Teddy nicht hergeben,

Eigentlich ist es immer dasselbe gewesen mit Lotta, mich hat es auch genervt. Sie hat gespuckt oder rumgeferkelt und den Teddy eingesaut und dann geplärrt, weil er gewaschen werden mußte. Sie hat nie kapiert, daß man sich manche Sachen vorher überlegen muß, an Elas Stelle hätt ich auch nicht gewußt, was ich machen soll.

Sie hat nicht aufgehört zu brüllen, nicht mal, als Ela ihr noch eine Tablette gegeben hat, sie hat geschrien und geschrien. Da hat Ela sie genommen und über ihre Schulter gelegt und gesagt, jetzt kommt sie nach unten, kein Mensch auf der Welt kann das aushalten. Und daß Carl bei dem Krach nicht schlafen kann.

Sie ist mit Lotta in den Keller gegangen und ziemlich schnell wieder raufgekommen, sie hat den Riegel vorgeschoben und sich gegen die Kellertür gelehnt und »So!« gesagt, wie *klar Schiff* hat sich das angehört, dann ist sie ins Wohnzimmer gegangen, zum Schrank. Und zu mir hat sie gesagt, ich soll endlich aufessen.

Ich hab kurz überlegt, dann bin ich ihr nachgegangen und hab gefragt, wie lange Lotta im Keller bleiben muß.

»Bis sie wieder halbwegs normal ist«, hat Ela gesagt. Und dann hat sie die Augen zusammengekniffen, als wär ich ganz weit weg. Und sie hat gesagt: »Deine Haare müssen dringend geschnitten werden, Schätzchen. Die zippeln. Sag mal, was hältst du von Strähnchen? Wollen wir dich wieder mal so richtig hübsch machen?«

24

Du kannst dich doch bestimmt daran erinnern, wie Dagmar zu euch gekommen ist. Wie war das denn so, hat sie gestört? Deine Eltern? Vielleicht auch dich?«

Bestimmt das zehnte Mal, daß sie Anlauf nimmt, und immer fängt sie wieder ganz von vorn an. Was denkt sie eigentlich, was ich hier tu die ganze Zeit. Mit offenen Augen schlafen? Sie war kurz draußen und hat den Aschenbecher ausgeleert, mit gekämmten Haaren ist sie zurückgekommen, jetzt hat sie Lippenstift auf dem Mund. Ela sagt, man kann am Aussehen erkennen, wie ein Mensch sich fühlt. Man kann sogar seine Stimmung verbessern, wenn man sich schön macht.

Ich wollte keine Strähnchen, aber sie hat gesagt, ich seh langweilig aus, ein bißchen Blond bringt mehr Leben in meine Frisur. Als ich klein war, bin ich strohblond gewesen, aber das ist irgendwie weggegangen. Ein paar Tage später hat sie ein Bleichmittel mitgebracht und so eine Gummimütze, wie eine ganz enge Badekappe mit lauter kleinen Löchern drin, die hat sie mir über den Kopf gezogen, bis über die Ohren, viel zu stramm, ich hab mich eingesperrt gefühlt. Mit einem Häkchen hat sie meine Haare aus den Löchern gezogen und dann eine stinkende Paste draufgestrichen, mit unserem Backpinsel, weil sie vergessen hat, einen Extrapinsel zu kaufen. Es hat furchtbar lange gedauert, bis die Strähnchen richtig hell waren, sie hat mir Kekse und einen Apfel gegeben, und das Abendessen haben wir ausfallen lassen.

Damit es mir nicht langweilig wird, hat sie sich zu mir gesetzt und ihre Fußnägel lackiert und mir von früher erzählt, wie sie Carl kennengelernt hat, das mag ich besonders gern. Aber jedesmal erzählt sie es ein bißchen anders, vielleicht, weil ich immer größer werde und alles besser versteh.

Sie sind beide noch zur Schule gegangen, in einem Ferienlager an der Nordsee haben sie sich zum ersten Mal gesehen, und Carl hat sich auf den ersten Blick in Ela verschossen, so nennt sie das immer, aber er hat sie erst angesprochen, als sie mit ihrer Klasse wieder abfahren mußte. Er ist zum Bus gekommen und hat da rumgestanden und beim Koffereinladen gestört und ewig rumgedruckst und schließlich gesagt, daß er sie toll findet, er ist knallrot geworden und konnte sie gar nicht richtig angucken, so verlegen ist er gewesen.

Aber so hat sie mir das erst am Strähnchentag erzählt, früher hat sie immer gesagt, er hat irgendwo an der Straße gestanden und den Bus angehalten, als sie schon ein paar Kilometer weg waren vom Ferienlager. Irgendwie hat er den Fahrer so weit gekriegt, daß er die Türen aufmacht, und dann ist er eingestiegen und hat Ela einen Zettel mit seiner Adresse gegeben und gesagt: »Vielleicht schreibst du mir mal.« Alle Mädchen im Bus haben den Mund und die Augen aufgesperrt und Ela beneidet wie nichts. Manchmal hat es geregnet und manchmal auch nicht, einmal hat es sogar gedonnert und geblitzt, und sie hat Angst gehabt, der Blitz kann ihn treffen, weil er ja durch das Unwetter zurückmuß zum Lager, und die Gegend da am Meer ist flach wie ein Brett, das ist gefährlich bei Gewitter.

Ich weiß nicht, welche Geschichte wirklich wahr ist. Wenn ich Carl gefragt hab, hat er immer gelacht: »Sie hat mich verhext, weißt du? So getan, als sieht sie mich nicht, zwei Wochen lang, das kann einen verrückt machen.«

Wenn ich wissen wollte, ob er wirklich den Bus angehalten hat, hat er gesagt: »Ich denk schon, warum eigentlich nicht«, oder so ähnlich. Ich hab gesagt, er muß sich doch erinnern, und dann hat er gesagt: »Also ja, ich hab den Bus angehalten. Ganz schön mutig, oder?«

Ich glaub, er weiß es wirklich nicht mehr. Ich glaub, er glaubt immer das, was Ela gerade erzählt, und was sie vorher erzählt hat, ganz anders, ist wie weggepustet aus seinem Kopf. Vielleicht muß das so sein, wenn Erwachsene sich lieben, ich weiß es nicht. Ich kann mir vorstellen, daß man genau so sein will, wie der andere ist. Daß man genau dasselbe denken will und die gleichen Erinnerungen haben. Komisch. Wenn man das zu Ende denkt, kommt dabei raus, daß man eigentlich sich selber liebt. Weil kein Unterschied mehr ist zwischen dem einen und dem anderen. Jedenfalls dann nicht, wenn sie sich liebhaben und zusammenpassen.

Aber obwohl Ela seine Adresse gehabt hat, wenn das überhaupt stimmt, hat sie ihm nie geschrieben, nicht mal eine Postkarte. Sie haben sich ganz zufällig wiedergetroffen, sagt Ela, und Carl sagt, das war kein Zufall, das war Schicksal. Da hat er schon in Großvater Hermanns Betrieb gearbeitet und wurde mit zwei anderen Malern zu einem Kunden geschickt, nach Mainz, der war von Korden-Ehrbach dahin gezogen, für den sollten sie ein altes Haus renovieren. Und zwei Häuser weiter hat Ela gewohnt, und Carl hat es nicht gewußt. Und dann hat er sie gesehen, sie ist draußen vorbeigegangen, unten auf der Straße, und er war oben im dritten Stockwerk und hat gedacht, ihn trifft der Schlag. Er hat sie sofort wiedererkannt, aber er war so verdattert, daß er nicht daran gedacht hat, ihr nachzulaufen. Als sie am nächsten Morgen wieder vorbeigekommen ist, hat er alles liegen- und stehenlassen.

Ich stell mir immer vor, er hat gerade den Pinsel in den Farbeimer getaucht, und er läßt ihn einfach fallen, daß es spritzt und kleckert, und der Meister wird wütend und schreit rum, aber Carl ist es völlig egal, was der Meister von ihm denkt. Ich stell mir vor, wie er all die vielen Treppen runterpoltert und die Farbtöpfe umstößt und den anderen Lehrling anrempelt, daß der die Treppe herunterfliegt, und alles ist ein einziges Chaos. Aber Carl holt Ela ein. Und dann fahren sie auf seiner Harley spazieren, und er hat die schwarze Lederjacke an, die ist noch ganz neu und riecht gut, und dann heiraten sie. Und dann komm ich. Obwohl, ein bißchen bin ich auch schon dagewesen, bevor sie geheiratet haben.

Einmal, da war ich noch ganz klein, hab ich Ela gefragt, wie sie mich gemacht haben, es hat ziemlich lange gedauert, bis sie geantwortet hat, sie hat Schuhe geputzt und immer nur zwischen mir und den Schuhen hin- und hergeguckt, die Eidechsensandalen hat sie damals noch nicht gehabt. Dann hat sie gesagt: »Das erzähl ich dir lieber später mal.« Und ich hab gewußt, daß diese Frage eine Tabufrage ist, obwohl ich damals das Wort Tabu noch nicht gekannt hab.

Irgendwann bin ich mal ins Schlafzimmer gegangen, lange, bevor ich zu Tante Bella mußte, mitten am Tag war das, und eigentlich sollte ich einen Mittagsschlaf halten, aber eine Mücke hat mich gestochen, und ich hab Ela gesucht, damit sie mir was draufschmiert. Sie haben nichts angehabt, und Elas Kopf hing über die Bettkante, und ihre Arme waren irgendwie komisch nach hinten geworfen, ihre Fingerspitzen standen auf dem Fußboden, und Carl lag über ihr, und sein Gesicht war ganz rot und naß, sie haben beide gestöhnt, und sein Po ging immer rauf und runter. Ich hab gedacht, sie haben eine furchtbare Krankheit, ich war ziemlich dumm damals. Aber es hat wirklich nicht schön ausgesehen, ich hab Angst gehabt, sie sterben. Dabei haben sie nur versucht, noch ein Kind zu machen. Wenn es geklappt hätte, müßte ich jetzt nicht hier sitzen und über Lotta nachdenken. Oder Dagmar.

Sie ist mir erst wieder eingefallen, als Ela den Fön angestellt hat, weil sie immer Angst davor gehabt hat, noch mehr als vorm Haarewaschen, sie hat das Geräusch nicht gemocht und den Wind, man mußte sie festhalten, und hinterher hat sie blaue Flecke gehabt, an Armen und Beinen. Aber seitdem sie die Tabletten bekam, war es einfacher, man konnte sie in die Wanne setzen und abduschen und fönen, und sie sagte keinen Mucks. Ob sie nicht wieder raufkommen kann, hab ich Ela gefragt, weil sie bestimmt Hunger hat, aber Ela hat gesagt, erst muß meine neue Frisur fertig sein. Und abends hat sie gesagt, daß Lotta die Nacht über unten bleiben soll, damit sie mal darüber nachdenkt, wie man sich benimmt.

An dem Abend haben sie im Fernsehen einen Film über Schädlinge gezeigt, Ela hat Cognac getrunken, weil sie sich so schütteln mußte. Einen Bauern gab es da, der hat erzählt, was sie früher mit den Ratten gemacht haben. Die sind in jedem Herbst aus den Gräben ins Haus gekommen und haben sogar kleine Kinder angenagt. Zwei Ratten haben sie gefangen, lebendig, die haben sie beide zusammen in eine Tonne gesperrt, einen Deckel obendrauf, daß sie nicht rauskönnen. Nach ein paar Tagen sind sie so hungrig gewesen, daß sie sich gegenseitig angefallen haben, und die stärkere Ratte hat die schwächere aufgefressen. Die schwächere hat so schrecklich geschrien dabei, daß es alle Ratten auf dem Bauernhof gehört haben und ausgewandert sind. Ela hat gesagt, gut, daß es heutzutage Gift gibt und daß ich schlafen gehen soll und nicht von den Ratten träumen. Und daß es bei uns in Niederbroich keine Ratten gibt, sonst wär sie nie im Leben hergezogen.

Ich hab trotzdem Angst gehabt, daß welche bei uns sind, im Keller vielleicht. Am liebsten hätt ich mich ganz schnell in mein Bett gekuschelt, aber ich bin noch mal runtergegangen, weil ich nicht davon träumen wollte, daß sie Lotta annagen.

Sie hat auf ihrem Schlafsack gelegen, ich hab sie richtig zugedeckt und gesagt, bestimmt darf sie bald wieder nach oben, ganz bald. Ich weiß nicht, ob sie mich verstanden hat, ihre Augen waren irgendwie anders als sonst, das Weiße sah ein bißchen schmutzig aus, aber ich hab gedacht, das liegt daran, daß kein gutes Licht im Keller ist. Und wenn

Ratten dagewesen wären, hätten sie bestimmt den Brei gegessen, er hat unberührt neben Lottas Lager gestanden, mir ist richtig ein Stein vom Herzen gefallen. Daß sie nichts gegessen hat, war aber auch nicht gut, und fast hätt ich vergessen, den Riegel wieder vor die Kellertür zu schieben, ich mußte noch mal aufstehen und runterschleichen, damit Ela nichts merkt.

Danach im Bett ist es ganz komisch gewesen, dabei hab ich mir immer gewünscht, mein Zimmer für mich allein zu haben, niemand hat gepupst und gestöhnt neben mir. Wenn sie in ihrem rosa Zimmer nebenan geschlafen hätte, wär alles gut gewesen, aber so? Morgen ist sie wieder oben, hab ich gedacht, und vielleicht wird das mit dem Pupsen und Stöhnen ja auch mal besser. Und überhaupt alles.

Von Ratten hab ich nicht geträumt in der Nacht, aber vom Meer, dabei bin ich da noch nie gewesen. Es war heiß und ganz hell alles, wir haben im Sand gesessen, unter zwei buntgestreiften Sonnenschirmen, wir haben aufs Wasser geguckt, und Lotta hat eine Sonnenbrille aufgehabt und plötzlich gesagt: »Ich kann schwimmen wie ein Delphin, ihr wißt es bloß noch nicht.« Sie ist ins Wasser gelaufen, mit der Brille, und ganz schnell untergetaucht, Ela hat gelacht und ist hinterhergelaufen, sie haben rumgespritzt und gekreischt und richtige Fontänen gemacht, und Carl hat mich gefragt, ob ich genauso glücklich bin wie Lotta.

Wovon redet sie jetzt? Daß ich morgen wohl nicht zur Schule kann? Weiß ich auch so. Sie ist wirklich dumm.

25

Es stinkt nach ihren Zigaretten, am liebsten würd ich das Fenster aufmachen, aber ich trau mich nicht, ich merk, sie hat schlechte Laune. Sie fummelt in ihrer Jackentasche rum und holt ein Fläschchen raus und sprüht sich ein, am Hals, und dann steckt sie die Flasche auch noch unter ihr Hemd, ich muß weggucken, sie ist so eklig. Ihr Parfum auch, es stinkt wie alte Kartoffeln.

Elas Parfum mag ich gern. In der Nacht nach dem Strähnchentag ist mir schlecht geworden, vielleicht bin ich zu Ela und Lotta ins Meer gelaufen, im Traum, und bin untergegangen und hab zuviel Wasser geschluckt, ich weiß es nicht. Ich hab gespuckt, und sie hat mich unter die Dusche gestellt und saubergemacht und danach mit ihrem *Happy* besprüht. In der Schule hab ich immer noch danach gerochen, es war, als wenn Ela ganz nah bei mir ist. Aber Sarah ist eine Kuh, in der ersten Stunde bei Frau Zander hat sie an mir geschnüffelt und gezischt: »Du stinkst wie eine Nutte.«

Die halbe Klasse hat gekichert. Ich hab so getan, als hätt ich nichts gehört, dann hört Sarah meistens auf, aber sie hat weitergestichelt. »Strähnchen. Parfum. Glaubst du, das bringt's?« Jeder hat es gehört, und alle haben gelacht.

Frau Zander hat gesagt, Sarah soll kein dummes Zeug schwatzen und daß sie meine neue Frisur sehr hübsch findet. »Lehrerliebchen, Schleimschnecke«, hat Sarah in der Pause gesagt, aber was kann ich denn dafür, wenn Frau Zander mich mag. Sie ist immer nett zu mir, wenn sie mich auf dem Schulhof trifft oder auf dem Flur, lächelt sie mir zu, manchmal sagt sie auch: »Na, Lilly? Alles in Butter?«

Nach der Stunde hat sie mich gefragt, ob ich lieber woanders sitzen möchte, wegen Sarah. Die halten mich doch erst recht alle für eine Streberin, wenn ich die Wahrheit sag, also hab ich *nein* gesagt und daß Sarah mich nicht besonders stört. Dabei kann sie manchmal echt fies sein, aber die anderen Mädchen sind auch nicht besser, die mögen mich alle nicht. Weil du einfach anders bist, sagt Ela, als wär das was Gutes, worauf man stolz sein kann. Aber weshalb, hat sie mir nie erklärt. Eigentlich will ich gar nicht anders sein, ich wär gern genau so wie die anderen, ich weiß nur nicht, wie man das macht.

»Wenn du meinst?« hat Frau Zander gesagt. Und ich soll ihr Bescheid sagen, wenn es mir zuviel wird. Sie hat mir noch mal zugelächelt, und ich hab *danke* gesagt.

Als Hausarbeit hat sie uns einen Brief aufgegeben, wir sollen von einem aufregenden Erlebnis berichten, so genau und in allen Einzelheiten wie möglich, hat sie gesagt. Normalerweise fällt mir sofort ein, was ich schreiben will, aber diesmal war es schwierig. Die ganze Fahrt im Schulbus hab ich überlegt, welches Erlebnis ich nehmen soll, es mußte ja irgendwas sein, was nichts mit Lotta zu tun hat, und ich war froh, als mir endlich unser Ausflug ins Spaß-Bad eingefallen ist, über den konnte ich gut schreiben, alles vorher und hinterher konnte ich ja weglassen.

Ich hab gedacht, inzwischen haben sie Lotta aus dem Keller geholt, aber als ich nach Haus gekommen bin, hat Ela auf dem Sofa geschlafen und Carl im Schlafzimmer, Lotta hab ich oben nirgendwo entdeckt. Erst wollt ich zu ihr runtergehen, aber dann irgendwie auch wieder nicht, ich weiß nicht, wieso, ich hab einfach nicht gemocht. Erst mal mach ich meine Hausaufgaben, hab ich gedacht, das ist das Wichtigste, das hat Ela mir eingeschärft.

Ich hab Hunger gehabt, aber es war nichts da. Ich hab mir einen Apfel genommen und bin in mein Zimmer gegangen und hab den Aufsatz geschrieben, diesen Brief, vier Seiten lang nur über die *Bergische Sonne,* das hat total Spaß gemacht. Lotta ist mir erst wieder eingefallen, als ich fertig war, auch mit Englisch und Mathe.

Als Carl aufgestanden ist, hab ich gefragt, ob ich sie nach oben holen darf, er hat sich Kaffee gekocht, er nimmt doppelt soviel Pulver wie Ela, sonst wird er nicht wach genug für die Nachtschicht. Da muß er erst Ela fragen, hat er gesagt. Wann, hab ich gefragt. Bevor ich losgeh, hat er gesagt. Aber er hat Ela nicht aufgeweckt, sie hat so fest geschlafen, und er ist zur Arbeit gegangen und hat mir versprochen, daß er gleich am nächsten Tag mit ihr redet.

Ich hab überlegt, was ich tun soll, irgendwie hab ich nicht weitergewußt, aber dann hab ich Lotta ein Joghurt und eine Banane runtergebracht. Sie hat nicht mehr auf ihrem Matratzenbett gelegen, sie hat in einer Ecke gehockt, und vor ihr lag der Teddy, ganz vollgekotzt, in einer Pfütze, und so ein säuerlicher Geruch ist überall gewesen. Das eine Hosenbein war hochgezogen, sie hat in ihrer Kniekehle rumgekratzt, da hat sie ganz weiche Haut, ganz weiß, fast blau, die Stelle war schon ganz blutig, und zwischendurch hat sie immer ihre Finger abgeleckt. Ich hab mich erschreckt, sie hat so schlimm ausgesehen, und das Wort *räudig* ist mir eingefallen. In der Schule haben wir mal eine Geschichte von einem kleinen Hund gelesen, der wurde von seinen Besitzern ausgesetzt, weil sie ihn nicht mit in die Ferien nehmen wollten, und als sie wiederkamen, hat er vor ihrer Haustür gesessen, völlig verhungert und mit kaputtem Fell und Entzündungen in den Augen, und er ist zu schwach gewesen, mit dem Schwanz zu wedeln, aber er hat es versucht, weil er sich so gefreut hat. Ich glaub, wenn Lotta einen Schwanz gehabt hätte, hätte sie gewedelt, als ich gekommen bin.

Aber gesagt hat sie nichts, nur einen Ton hat sie gemacht, so einen hab ich noch nie gehört vorher, wie ein Ast, der im Wind wackelt und ächzt. Am liebsten wär ich gleich wieder nach oben gelaufen.

Ich hab sie mit Joghurt und Banane gefüttert. Ich hab ihr gesagt, bestimmt kann sie bald wieder zu uns raufkommen, und sie soll nicht kratzen, das Jucken wird nur schlimmer davon. Ein bißchen hat sie noch weitergekratzt, dann hat sie die Finger in den Mund gesteckt, ihr Kopf ist gegen meine Schulter gefallen, und sie ist eingeschlafen.

Das Schlimmste ist dieser säuerliche Geruch gewesen. Der kam nicht nur von der Kotze, ihr Mund stand ein bißchen offen, und ihr Atem kam raus, fast hab ich es nicht ausgehalten. Ich hab versucht, mir Salmiakgeist vorzustellen, mit diesem scharfen Geruch, damit reinigen wir immer den Teppichboden im Wohnzimmer, wenn Lotta rumgesaut hat. Aber komisch, wenn man sich einen besonderen Geruch vorstellen will, funktioniert das nicht, obwohl man genau weiß, wie es riechen soll. Wenn man Kotze in der Nase hat, kriegt man das einfach nicht hin.

Ich hab überlegt, ob ich ihr eine frische Windel anziehen soll, aber ich konnte nicht, schon beim Gedanken ist mir schlecht geworden. Ich hab sie zu ihrem Lager geschleppt und in den Schlafsack gewickelt und bin raufgelaufen und hab im Badezimmer ganz lange an Elas *Happy* geschnuppert.

Ela ist erst abends aufgestanden. Sie hat Kopfweh gehabt und mochte nicht reden. Ob ich meine Hausaufgaben gemacht hab, hat sie nur gefragt, und ich soll mir ein Brot machen, sie ist zu müde zum Essen. Als ich ihr gute Nacht sagen wollte, hat sie wieder vorm Fernseher gesessen, sie hat gefroren. Ich hab ihr eine Wärmflasche gemacht, und dann hab ich gesagt, daß es Lotta auch nicht so gut geht, daß sie gespuckt hat und gebadet werden muß.

»Heute nicht«, hat Ela gesagt, »ich bin total kaputt. Morgen.« Sie hat nur auf den Fernseher geguckt.

Ob Lotta dann nach dem Baden wieder oben bleiben kann, hab ich gefragt. Sie hat genickt und gesagt, ich soll ihr ein Glas aus der Küche holen und nicht vergessen, mir die Zähne zu putzen.

Als ich am nächsten Tag aus der Schule gekommen bin, war Ela einkaufen gefahren, in der Küche lag ein Zettel für mich, und Lotta war immer noch im Keller. Ich hab ihr einen Brei gemacht und sie gefüttert, aber sie wollte nicht schlucken. Sie hat aber saubere Sachen angehabt und eine frische Windel, ich weiß nicht, ob Ela das war oder Carl.

Sie hat auch einen frischen Schlafsack gehabt, der alte hing gewaschen im Heizungskeller, der Teddy auch. Aber sie hat sich immer mehr gekratzt, unter beiden Knien war die Haut gar nicht mehr da. Ich hab ihr Creme darauf geschmiert und die Fingernägel geschnitten, ganz kurz.

Ihre Finger haben sich angefühlt wie tote Regenwürmer, und die Nägel waren ganz weich und hatten Rillen, ich hab mich gewundert, daß sie damit überhaupt kratzen kann. Irgendwie waren diese Finger mit den Nägeln mindestens so schlimm wie ich weiß nicht was, ich hab gedacht, jetzt muß ich irgendwas tun, Ela kann es nicht und Carl auch nicht. Irgend jemandem muß ich von Lotta erzählen, aber wie mach ich das, ich darf Ela und Carl doch nicht in den Rücken fallen.

In dem Moment hab ich mir zum ersten Mal gewünscht, ich bin bei Tante Bella und kann mit ihr reden. Ich hab immer ein bißchen Angst vor ihr gehabt, aber sie hat immer gewußt, was richtig ist und was falsch, sie hat gar nicht überlegt, sie hat es einfach gewußt, ich weiß nicht, woher. Aber Tante Bella mag Ela nicht, und wenn ich ihr was von Lotta sagen würde oder schreiben, wär es ein ganz schlimmer Verrat.

Dann ist mir Janina eingefallen. Sie hat Kinder gern, und zu Weihnachten hat sie gleich gesehen, daß das mit Lotta nicht gut funktioniert bei uns. Sie wird bestimmt nie etwas tun, was für Ela nicht gut ist, hab ich gedacht, aber sie wird eine Lösung finden, sie ist klug und mutig.

Ich hab ihr gleich einen Brief geschrieben, das Papier mit den Kätzchen drauf hat Ela mir im letzten Jahr zum Geburtstag geschenkt. Ich hab mir jeden Satz genau überlegt. Erst hab ich mich entschuldigt, daß sie so lange nichts von mir gehört hat, seit Weihnachten, und daß ich hoffe, es geht ihr gut. Ich hab geschrieben, wie bei uns das Wetter ist und wie der Garten aussieht und was wir in der Schule machen, ich hab sogar geschrieben, daß ich viele Freundinnen hab, weil das normaler klingt. Das Wichtige hab ich mir für den Schluß aufgehoben, ich hab geschrieben, daß Lotta immer noch ziemlich *schwierig* ist, weil Ela das immer so genannt hat, und daß wir manchmal nicht wissen, was wir mit ihr tun sollen, ich hab extra *wir* geschrieben, damit es nicht so aussieht, als sag ich was Schlechtes über Ela und Carl. »Vielleicht weißt du ja einen Rat für uns«, hab ich geschrieben, »wir vermissen dich alle ganz schrecklich, bitte bitte komm doch bald einmal wieder zu uns.« Das *bitte bitte* hab ich rot unterstrichen, ich hab gedacht, wenn sie das liest, kann sie gar nicht anders, dann kommt sie. Und dann hab ich noch geschrieben, daß ich mir zu meinem Geburtstag nichts anderes wünsch, und dabei ist mir eingefallen, daß ich schon lange nicht mehr an den Hund gedacht hab, den ich immer haben wollte.

Wieso lösen Wünsche sich in Luft auf, das versteh ich nicht. Aber vielleicht kann man sich nicht zwei Sachen gleichzeitig wünschen, so richtig fest, daß man gar nicht an was anderes denken kann.

Ich hab gerade *1000 Küsse, deine Lilly* unter den Brief geschrieben und das *d* verbessert, das hab ich aus Versehen groß geschrieben, so wie früher, da ist Carl in mein Zimmer gekommen. Ob ich ihm Gesellschaft leiste, wenn er seinen Kaffee trinkt, hat er gefragt. Ich hab den Block schnell unter mein Englischheft geschoben und so getan, als wenn ich lerne, irgendwie hab ich gewußt, er würde das nicht gut finden mit dem Brief. Er mag Janina, aber er kann es nicht leiden, daß sie mit Ela immer nur streitet.

Ich bin mit ihm nach unten in die Küche gegangen, weil ich gedacht hab, ich kann den Brief nachher fertigmachen, wenn er weg ist. Ich hab gedacht, Ela kommt erst später wieder, ich hätt noch genug Zeit.

Aber Ela ist schon gekommen, als Carl gerade eben erst aus der Tür war, ich war noch gar nicht wieder in meinem Zimmer gewesen. Sie hat mich gefragt, ob ich ihr mit dem Ausladen von den Einkäufen helf, weil sie total müde war, ich konnte nicht nein sagen. Ich hab alles aus dem Auto geholt und ordentlich in den Kühlschrank und die Schränke geräumt, ich tu so was gern, und Ela hat das Klopapier und die Zahnpasta nach oben gebracht, ins Badezimmer.

Als ich fertig war, hab ich gedacht, jetzt frag ich sie wegen Lotta, und da hat sie in meinem Zimmer gesessen und meinen Brief an Janina gelesen, den hat sie gefunden, als sie meine Hausaufgaben kontrollieren wollte, das hat sie nur ganz selten gemacht, ich hab überhaupt nicht damit gerechnet. Sie hat nicht hochgeguckt, als ich reingekommen bin, sie hat weitergelesen, ich hab gewartet, ich hab nicht gewußt, was ich tun soll, sie hat diese Falte zwischen den Augen gehabt.

Dann hat sie plötzlich auf den Brief geschlagen. »Hinter meinem Rücken«, hat sie geschrien, »hinter meinem Rükken! Weißt du, was das bedeutet?«

Es hat bedeutet, daß ich mich bei ihrer eigenen Schwester über sie beschwert hab, auch noch heimlich, ein unbeschreiblicher Vertrauensbruch. Daß sie sich auf mich nicht mehr verlassen kann, weil ich sie neuerdings belüge und betrüge, und Carl betrüge ich auch. Daß sie mich nicht mehr liebhaben kann, wenn ich so was mach, obwohl sie doch alles tut für mich. Und daß sie selber auch von niemandem geliebt wird, von mir nicht und auch nicht von Carl, weil der nur noch an seinem Motorrad interessiert ist und sie allein läßt mit Lotta und den ganzen Problemen. Sie hat gedacht, wenigstens ich halte zu ihr, und nun das.

Daß sie jetzt jeden Tag mein Zimmer kontrollieren muß und meine Hefte und meinen Rucksack, hat sie geschrien, damit sie weiß, daß ich nicht wieder Briefe an fremde Leute schreib und meine Eltern schlechtmach. Ich soll in meinem Zimmer bleiben und ihr nicht unter die Augen kommen. Den Brief hat sie zerrissen und die Schnipsel auf den Boden geworfen und die Tür zugeknallt.

Unten hat sie telefoniert, bestimmt mit Carl im Krankenhaus, zum Schluß hat sie geschrien: »Dir ist ja alles scheißegal!« So was sagt sie nur zu Carl. Oder zu Janina, aber mit Janina telefoniert sie nicht mehr. Dann hab ich die Haustür gehört, und dann war es ganz still im Haus.

Nachts bin ich aufgewacht, sie ist zu mir ins Bett gekommen und hat nach Schnaps gerochen, sie hat mich in die Arme genommen und geweint und gesagt, sie hat mich so lieb, es tut ihr leid.

Ich war erst ganz erschrocken, es hat sich wirklich so angehört, als wenn es ihr leid tut, daß sie mich liebhat. Aber dann hab ich gleich wieder gewußt, das kann sie auf keinen Fall gemeint haben, und ich hab gesagt, ich hab sie auch lieb. Sie ist neben mir eingeschlafen, in allen Kleidern und mit ungeputzten Zähnen.

Ich hab mir ihre Rabenhaare über die Augen gelegt, damit ich schnell wieder schlafen kann, und ich hab mir gewünscht, ich träum wieder vom Meer und von den gestreiften Schirmen. Ich hab mir gewünscht, wir gehen alle vier zusammen ins Wasser und können schwimmen wie die Delphine. Und hinterher essen wir Pizza und Bananensplit, und aus Lottas Mund fällt nichts wieder raus. Nicht ein einziges Krümelchen.

26

Irgendwer hat angerufen, sie hat sich weggedreht und leise in den Hörer geredet: »Nein, immer noch nichts, wie eine Wand.« Und dann: »Okay, wir kommen.«

Sie hat aufgelegt und »Darf ich« gesagt und mein Bild vom Schulkonzert in ihren Block gelegt, ohne auf meine Antwort zu warten, aber ich hätt sowieso nichts gesagt, das Bild ist mir egal, man kann auf ihm nichts sehen, wenn man nicht weiß, wie es wirklich gewesen ist. »Hier oben wird jetzt geputzt«, hat sie gesagt und ihren Schlips in die Tasche gesteckt. »Gehen wir?«

Wie eine Wand, hat sie gesagt. Komischer Vergleich. Eine Wand ist was Festes, man kann sich anlehnen. Ich bin keine Wand. Ist Carl eine Wand? Er mag Wände, früher, in Korden-Ehrbach, in unserem alten Haus, hat er manchmal mit der Hand über die Wände gestrichen und gesagt: »Gut gut.« Und dann hat er der Wand einen Klaps gegeben, wie mir auf den Po, wenn ich an ihm vorbeigelaufen bin. Bei Lotta hat er das nie gemacht, hab ich jedenfalls nie gesehen. Sie ist ja auch nicht gelaufen. Oder nur ganz am Anfang.

Ich hab meinen Rucksack übergehängt und gedacht, jetzt ist es vorbei, jetzt kann ich nach Haus, weil das zusammengehört, den Rucksack überhängen und nach Haus gehen.

In der Tür legt sie ihre Hand auf meine Schulter und sagt: »Ich weiß, du willst nicht mit mir reden, Lilly. Aber weißt du, was ich überhaupt nicht verstehe? Daß du das mit angesehen hast. Ihr habt unter einem Dach gelebt, Dagmar und du.«

Ich mag nicht in ihr Gesicht sehen, es sieht aus, als wenn gleich irgendwas überläuft innen drin, und die Haut platzt auf. Ich guck auf den Leberfleck an ihrem Hals, sie hat da Falten, sie trägt eine dünne Kette mit einem Stein, so hell wie Wasser, bestimmt ein Diamant. Ela wollte auch immer so einen, vor Juweliergeschäften ist sie stehengeblieben und hat sich was ausgesucht, nur so, in ihrer Vorstellung. Aber dann ist ein Opal an dem Ring gewesen, den Carl ihr geschenkt hat, sie hat sich trotzdem gefreut. Da ist sie dreißig geworden, im vorletzten Jahr, da ist Lotta noch gar nicht bei uns gewesen. Ihr allerschönstes Schmuckstück.

»Du hast es doch gesehen!« Sie rüttelt an meiner Schulter. »Warum hast du niemandem etwas gesagt!«

Ich duck mich unter ihrer Hand weg, raus in den Flur, sie verschließt das Zimmer, obwohl da geputzt werden soll. Sie lügt mich an, kein Mensch ist zu sehen, auch keine Putzfrau, vielleicht bringt sie mich jetzt ins Gefängnis, es ist mir egal.

»Wenn du meine Tochter wärst«, sagt sie. »Ich würde dich zum Reden bringen. Da kannst du sicher sein.« Sie holt jedesmal Luft zwischen den Sätzen, sie mag mich nicht. Wir kommen an den Toiletten vorbei, sie sagt nur: »M?«

Ich schüttel den Kopf, es kommt mir vor, als hätt ich keine Füße mehr und auch keine Hände, nur hinter meiner Stirn tut es weh. Gut, daß sie jetzt nichts mehr sagt.

Ihre Gummisohlen quietschen, von meinen Schritten hört man nichts.

Ganz ganz leise gehen. Ich glaub, das hab ich mir erst hier in Niederbroich angewöhnt, früher in Korden-Ehrbach fand ich es toll, durch alle Zimmer zu hüpfen, auf einem Bein möglichst, gut für die Muskeln. Die Treppe runter, zwei oder drei Stufen auf einmal, so schnell wie möglich, das macht Spaß. Wenn man nachts in den Keller muß, darf es niemand hören, man muß schleichen, man darf kein Licht anmachen, und man hat Angst.

Von meinem Taschengeld hab ich eine Taschenlampe gekauft, in meinem roten Regenschirm hab ich sie versteckt, an der Garderobe im Windfang, am Tag, nachdem Ela den Brief zerrissen hat. Von dem hat sie gar nicht mehr geredet, nie, als wenn nichts passiert wär. Als hätt sie nie gesagt, sie hat mich nicht mehr lieb und will mich nicht sehen. Und mit Lotta ist alles so geblieben.

Nie hab ich es mitgekriegt, wahrscheinlich hat Ela es gemacht, wenn ich in der Schule war, ich glaub, sie hat nicht gewollt, daß ich irgendwas damit zu tun hab, weil es eklig ist, und ich soll doch eine glückliche Kindheit haben. Sie muß damit gewartet haben, bis ich morgens aus dem Haus gewesen bin, und dann hat sie Lotta schnell was zu essen gebracht und ihr frische Windeln angezogen und all das. Die Tabletten. Sie hat bestimmt gedacht, ich bin froh, wenn ich überhaupt nicht an den Keller denken muß, sie hat auch nie mehr gesagt, ich soll die Wäsche runterbringen, die hat immer ganz lange im Badezimmer rumgelegen und war dann irgendwann weg.

Ich weiß nicht, was schlimmer ist: Im Stockdunkeln aus

meinem Zimmer die Treppe runter und in den Windfang, wo all die Jacken und Mäntel hängen, und man weiß nicht, ob sich jemand dahinter versteckt, oder vom Windfang durch den Flur und die Küche und die Treppe runter in den Keller, wo immer die Heizung so komisch saust und plötzlich ganz laut pufft, und man kriegt einen Höllenschreck. Ich weiß, sie springt dann nur immer an, ich hab ja auch die Taschenlampe gehabt, aber es hat mich gegraust, jedesmal.

Irgendwie macht das Haus keine guten Geräusche, manchmal wach ich mitten in der Nacht auf, weil ich ein Gejammer gehört hab oder einen Schrei, manchmal flötet auch irgendwas oder piept, ein schlimmer Ton, irgendwie zwischen Flöten und Piepen, als wenn ein Kaninchen stirbt. Bei Tante Bella im Nachbargarten war ein großer Junge, der hat mit dem Luftgewehr auf ein Kaninchen geschossen, er hat es am Bein getroffen, es ist im Kreis gelaufen und hat gefiept, wie eine Blockflöte, der Junge hat gelacht. Ich hab es Tante Bella erzählt, und sie hat gesagt: »Erst auf Kaninchen, dann auf Menschen, das kennt man.«

Manchmal haben in der Küche noch Reste vom Abendbrot gestanden, ein hartes Ei oder ein Würstchen, das hab ich mit runtergenommen, aber Lotta hat es nie gewollt, auch wenn ich alles ganz kleingemacht hab. Nur Banane und Joghurt und Brei, das muß man nicht kauen.

In einer Nacht hab ich kleine Tiere gesehen, hinter ihrem Ohr, fast hätt ich laut geschrien. Ich hab mich ins Bein gekniffen, ich hab gedacht, ich hab einen Alptraum, ich bin aber nicht wach geworden, ich war schon wach. Die sind gekrabbelt, so eklig, ich hab Lotta angeleuchtet mit meiner Taschenlampe, von Kopf bis Fuß, ihre ganzen Haare waren voll, und die Augenbrauen, und sogar am Hals sind sie hin und her gelaufen, Lotta hat nichts davon gemerkt. Sie hat aber geatmet, sie war nicht tot.

Die Tiere haben ausgesehen wie winzige Spinnen, nur ein bißchen platter, und ihre Beine waren nicht so lang, vorn haben sie winzige Zangen gehabt. Die dicksten waren fast einen halben Zentimeter groß, und an den Haaren hinter Lottas Ohr haben lauter weiße Pünktchen geklebt, wie Perlenketten für ganz kleine Puppen. Das waren die Eier. Die Tiere waren Läuse, ich hab immer gedacht, davon reden sie nur, die gibt es gar nicht in Wirklichkeit, manchmal haben sie uns in der Schule so einen Zettel mitgegeben, da hat draufgestanden, was man tun muß, wenn man welche hat. Und wie man sich schützt, wenn man sie nicht kriegen will, man muß sich vor allen Dingen waschen, jeden Tag, auch die Haare. Und Zeichnungen sind da draufgewesen, von erwachsenen Läusen und von jungen Läusen und von den Eiern, bei Läusen heißen sie Nissen, vor Fußpilz haben sie auch gewarnt.

Ich hab Panik gekriegt, ich hab überhaupt nicht nachgedacht, ich bin raufgelaufen und zu Ela unter die Decke gekrochen, sie hat fest geschlafen, ich hab ihren Arm genommen und über mich gelegt und hab gebetet. Aber dann ist mir eingefallen, wenn Lotta welche hat, kann ich auch welche haben, und von mir krabbeln sie dann zu Ela rüber.

Ich bin wieder aufgestanden, ganz vorsichtig. Im Badezimmer hab ich nachgeguckt, vorm Spiegel, ich hab nichts gefunden, aber ich hab immerzu das Gefühl gehabt, in meinen Haaren krabbelt was, ich bin fast verrückt geworden.

Ich hab es Carl erzählt, am nächsten Morgen, weil Ela noch geschlafen hat. Er hat »Großer Gott« gesagt und wollte sofort meine Haare kontrollieren, aber ich hab gesagt, ich hab nichts, aber um Lotta muß man sich kümmern. Er hat gesagt, er macht das, er geht auch in die Apotheke und besorgt *Goldgeist forte,* das einzig wahre Mittel gegen Läuse, er kennt es aus dem Krankenhaus. Als ich aus dem Haus gegangen bin, hab ich gehört, wie er gebrüllt hat, Ela soll verdammt noch mal endlich aufstehen, wir haben Ungeziefer im Haus.

Als ich mittags wiederkam, hat wieder ein Zettel auf dem Küchentisch gelegen. Ich weiß immer noch auswendig, was draufgestanden hat. *Mein liebes Schätzchen, Carl hat sich eben erst hingelegt, bitte stör ihn nicht, sei so lieb und gib Lotta ein Joghurt, wenn sie wach wird, aber wasch Dir hinterher gründlich die Hände, und faß sie nicht an, ich bin ganz schnell zurück und bring Dir was Schönes mit, deine Ela.* Darunter hat sie mir ein Herz gemalt.

Ich war so froh. Ich hab gedacht, jetzt wird alles wieder gut, sie kümmert sich wieder um uns, sie denkt an Lotta, und ich muß nicht mehr so tun, als gibt es den Keller nicht. Sie haben sich gestritten und wieder vertragen, hab ich gedacht, sie machen das immer so, und danach ist es immer so, als wenn jemand ein Fenster aufgemacht hat und frische Luft kommt rein, in einem großen Schwall. Ich hab mich echt wahnsinnig gefreut. Vielleicht ist Lotta schon oben in meinem Zimmer, hab ich gedacht, sie hat *Goldgeist forte* gekriegt, und die Läuse sind weg.

Neben der Spüle hat Elas Einkaufskorb gestanden mit lauter leeren Flaschen drin, auch die ganz kleinen, im Supermarkt stehen die immer direkt neben der Kasse. Sie räumt alles auf, hab ich gedacht, jetzt wird alles gut, bestimmt hat sie Carl versprochen, daß sie nie wieder Schnaps trinkt.

Ich bin raufgelaufen und hab in mein Zimmer geguckt und in Lottas Zimmer, aber sie war nicht da. Aber mein Bett war gemacht, und ein Fünfmarkstück lag auf meinem Kopfkissen, von Carl, Ela schenkt mir nie Geld, sie sagt, Geld verdirbt den Charakter. Carl steckt manchmal heimlich ein Markstück in meine Manteltasche oder ein Zweimarkstück in das Buch, das ich gerade lese. Wenn ich mich bedanken will, tut er so, als weiß er von nichts, aber irgendwann muß er lachen, und dann sagt er: »Über Geld spricht man nicht.« Dabei sprechen sie andauernd darüber.

Sie war im Keller. Sie lag auf der Isomatte, die Matratze war weg. Auch kein Schlafsack, der hing an der Leine neben der Waschmaschine. Sie hat keine Haare mehr gehabt, nur ganz kurze Stoppeln, die konnte man fast nicht sehen. Und ihre Haut ist knallrot gewesen, überall. Ich mag nicht daran denken.

27

Sie hat mich in ein anderes Zimmer gebracht, im Erdgeschoß. Beim Reinkommen hat sie das Deckenlicht angeschaltet, so eine Flimmerröhre, im Heizungsraum haben wir auch so eine, die Augen tun einem weh davon. Nur ein einziges Fenster gibt es hier, ziemlich klein, man guckt auf eine Mauer, ich würd lieber in den Himmel sehen. An der Wand hängt eine Landkarte, Niederbroich ist auch drauf, ich stell mir vor, wo unser Haus hingehört. Da ist jetzt niemand mehr.

Sie schlägt ihren Block an einer neuen Seite auf und drückt auf ihren Kugelschreiber, sie setzt sich ganz gerade hin und guckt mich an. »Also«, sagt sie, »wir machen jetzt ein Protokoll, du erzählst, ich schreibe. Was ein Protokoll ist, weißt du doch bestimmt, klug, wie du bist.« Die Wörter knallen irgendwie abgehackt aus ihrem Mund raus.

Wenn ich meinen Walkman dabeihätte, könnt ich die Kopfhörer über die Ohren ziehen, ich würd ihn so laut stellen, wie ich es nur aushalten kann. Er liegt auf meinem Nachttisch, neben der neuen Uhr, ich nehm ihn nie mit in die Schule, da wird er nur geklaut und kaputtgemacht, und ich will auch nicht, daß jemand außer mir meine Musik hört, die würden sich nur wieder lustig machen. Am liebsten hör ich die Kassette mit den *Vier Jahreszeiten*, die hör ich mir jeden Tag an, Ela hat sie mir geschenkt, am Läusetag, zusammen mit dem Walkman, der war gerade im Angebot.

Wenn ich zu Lotta in den Keller gegangen bin, hab ich immer den *Frühling* gehört, irgendwie ging dann alles leichter, ich weiß nicht, wie die Musik das macht. Vielleicht funktioniert es auch nur beim *Frühling*, ich hab nie was anderes gehört dabei. Manchmal denk ich, vielleicht ist die Musik nur für mich geschrieben worden, und der Komponist hat es gar nicht gewußt damals, vor mehr als dreihundert Jahren, glaub ich, Antonio Vivaldi heißt er. Ich hab die Kassette mal Ela und Carl vorgespielt, sie haben die Musik schön gefunden, aber nicht irgendwie besonders.

Den Walkman hat Ela als Belohnung gemeint, weil ich immer im Haushalt helf. Als ich ihn ausgepackt hab, hat sie mich gefragt, ob ich auch beim Großputz mitmach, wegen der Läuse, aber nur, wenn ich wirklich will. Ich hab die Kassette eingelegt und die Kopfhörer aufgesetzt, und da kam diese Musik, am Anfang säuselt sie wie ein kleiner warmer Wind, dann hört man die Vögel und wie es im Wald rauscht, ganz fröhlich, am liebsten will man tanzen dazu, und einen Bach hör ich auch immer. Und Ela und Carl und ich gehen über eine Wiese und halten uns an den Händen, und Schmetterlinge fliegen um uns herum, wir müssen gar nichts sagen, wir sind nur glücklich und haben uns lieb, und nichts kann uns passieren. Schon beim allerersten Hören hab ich mir das so vorgestellt, und danach auch immer, ich kann gar nicht anders. Will ich auch gar nicht.

Ganz hab ich die Kassette aber erst abends im Bett gehört, wir haben den ganzen Nachmittag geputzt, alle Betten abgezogen und die Decken und die Bettwäsche gewaschen, die Matratzen hat Ela mit irgendeinem Zeug eingesprüht, sie hat gesagt, danach wäscht sie auch unsere ganze Kleidung, zur Sicherheit. Und Carl mußte Lottas Matratze zur Mülldeponie fahren, sie hatten sie erst mal hinter die Garage gelegt, aber Ela hat gesagt, sie hält es keine Minute länger aus mit dem versifften Teil auf dem Grundstück. Er durfte die Matratze auch nicht in den Kofferraum tun, er mußte sie aufs Dach binden, Ela hat ihm mindestens dreimal gesagt, danach soll er duschen und frische Sachen anziehen. Er ist fast gar nicht zum Schlafen gekommen, nur drei Stunden oder so, dann hat er uns beim Putzen geholfen, er hat alle Betten abgeseift, und eigentlich war der Tag irgendwie ganz schön, ein bißchen wie früher, wir waren richtig zusammen.

Aber dann hat Carl gesagt, es hätte ausgereicht, Lotta die Haare gründlich mit *Goldgeist forte* zu waschen, wieso Ela ihr gleich eine Glatze schneiden muß, und Ela ist sofort hochgegangen, immer meckert Carl an ihr herum, hat sie gesagt, die ganze Arbeit läßt er sie allein machen, aber für sein bescheuertes Motorrad hat er Zeit. Und Geld.

»Die alte Leier wieder«, hat Carl gesagt und die Augen verdreht, und Ela hat geschrien, wenn er alles besser weiß, kann er ja den Keller putzen, sie rührt jedenfalls keinen Finger mehr.

Sie ist aus dem Schlafzimmer gerannt und die Treppe runter, ich konnte hören, wie sie in der Küche den Kühlschrank aufreißt.

»Warum müßt ihr eigentlich immer streiten?« hab ich

gefragt. »Habt ihr euch nicht mehr lieb?« Und ich hab gedacht, jetzt sagt er das, was er immer sagt, wenn ich ihn das frag, *natürlich hab ich sie lieb, du Dummchen, das weißt du doch* oder so was.

Hat er aber nicht. Er hat zugeguckt, wie eine Fliege ins Zimmer reingeflogen ist, so eine dicke, die blau und grün schillert und ganz laut ist, sie ist in einem Kreis über dem großen Bett rumgeflogen und dann wieder raus aus dem Fenster. Und erst danach hat er gesagt, er weiß es nicht. Er weiß gar nichts mehr.

In meinem Bauch ist es ganz kalt geworden und im Kopf heiß. Sie lassen sich scheiden, hab ich gedacht, wir müssen wieder umziehen, ich verlier sie, warum kann es nie so sein, daß ich keine Angst haben muß, eben war es doch noch so schön. Warum können sie sich nicht einfach liebhaben, das ist doch nicht schwer.

»Ist es wegen Lotta?« hab ich gefragt.

Er hat mir keine Antwort gegeben, und mir ist eingefallen, daß Tante Bella gesagt hat, *keine Antwort ist auch eine Antwort.*

Ich hab Angst gehabt, weil es fies ist, so was zu sagen oder auch nur zu denken, aber ich hab es trotzdem gesagt: »Wir können sie doch zurückbringen.« Ich hab einfach nur gewollt, daß es aufhört, das mit Lotta im Keller und der Streit dauernd und Elas Trinken und all das.

Er hat den Kopf geschüttelt: »So, wie sie jetzt ist?«

»Dann holen wir sie eben wieder nach oben«, hab ich gesagt, »zu mir ins Zimmer, ich bring ihr auch bei, daß sie nicht mehr in die Hosen macht, bestimmt wird sie ganz normal, ganz schnell.«

Er hat sich auf die Bettkante gesetzt und mich auf seinen Schoß gezogen und gesagt: »Ach Lilly, womit haben wir dich bloß verdient.« Er hat mich ganz fest gedrückt und gesagt, er redet mit Ela, und daß er schon viel zu lange zugesehen hat. Daß er mich schrecklich liebhat und alles wieder gut wird. Ich hab den Kopf an seiner Brust gehabt, und ich hab durch seinen dicken grauen Rollkragenpullover sein Herz schlagen hören, ganz ruhig und gleichmäßig, Bummda Bummda Bummda, das war schön, am liebsten wär ich so eingeschlafen. Aber dann hat er mich weggeschoben und ist runtergegangen zu Ela.

Es hat höchstens zwei Minuten gedauert, da ist unten die Küchentür aufgeflogen, und Ela hat geschrien: »Nur über meine Leiche.« Sie ist wie verrückt durchs Haus gelaufen und Carl immer hinterher, sie soll vernünftig sein, hat er gebrüllt, wie sie sich das denn vorstellt, man kann doch ein Kind nicht wochenlang im Keller einsperren. Und daß er einen Arzt kennt im Krankenhaus, der uns bestimmt helfen kann, er kann Lotta morgen zu ihm bringen.

»Wenn du das tust, bring ich mich um. Ich tu es wirklich, du kennst mich«, hat sie geschrien. »Und diesmal klappt es, das schwör ich dir.«

Dann ist die Haustür zugefallen. Ich hab aus dem Schlafzimmerfenster geguckt, sie ist die Straße entlanggelaufen, ihre Rabenhaare sind hinter ihr hergeflogen. Sie kommt nie wieder, hab ich gedacht.

Dann ist mir eingefallen, daß sie gesagt hat, sie bringt sich nur dann um, wenn Carl mit Lotta zu diesem Arzt geht. Und daß Carl wählen muß zwischen Lotta und Ela, daß es ihm nicht anders geht als mir, ich muß auch zwischen Lotta und Ela wählen. Daß es aber eigentlich gar keine Wahl ist, weil es bei einer Wahl immer mehrere Möglichkeiten gibt, für mich gibt es aber nur eine einzige. Und für Carl auch, nie im Leben kann er wollen, daß Ela sich umbringt.

Manche Leute sagen, man kann viele Menschen gleichzeitig gleich stark liebhaben, das stimmt aber nicht. Man kann es vielleicht, aber man darf es nicht, man muß sich entscheiden. Ela ist meine Mutter, und Lotta ist nur ein Pflegekind. Und Carl ist mit Ela verheiratet und nicht mit Lotta.

Er war in der Garage. Er hat über dem Rollkragenpullover die Lederjacke angehabt, er hat vor dem großen Tapetentisch gestanden und Schrauben und Muttern sortiert, aber nicht wirklich, es war schon viel zu dunkel dafür, er hat sie nur in die Hand genommen und wieder hingelegt. Ich hab ihn gefragt, ob Ela wiederkommt.

»Natürlich«, hat er gesagt, »was denkst du denn.«

»Und Lotta?« hab ich gefragt. »Kann sie wieder nach oben?«

»Mal sehen«, hat er gesagt. »Vielleicht morgen.« Aber dabei hat er auf die Schrauben und Muttern geguckt, und ich hab gewußt, daß Lotta im Keller bleiben muß.

Ich bin mit einer Banane zu ihr nach unten gegangen, sie lag auf ihrer Matte, mit offenen Augen, ich hab ihr kleine Stücke in den Mund geschoben, sie sind alle wieder rausgekommen. Ich hab mich neben sie gesetzt und ihr Gesicht ein bißchen gestreichelt, die Stoppelhaare mochte ich nicht anfassen, obwohl bestimmt keine Läuse mehr drin gewesen sind, die hätte man sofort gesehen. Ihre Haut hat sich heiß angefühlt und trocken, nach einer Weile hat sie die

Augen zugemacht. Ich bin wieder in die Garage gegangen, zu Carl, es war schon dunkel, die Straßenlaternen sind gerade angegangen, und Ela war bei ihm, sie haben sich aneinander festgehalten, er hat sein Gesicht in ihre Rabenhaare gesteckt, und sie hat den Kopf an seine Jacke gelegt, obwohl sie immer sagt, die stinkt. Ich war so froh.

Sie war nur schnell im Ort gewesen, einen neuen Teddy kaufen für Lotta, der alte mußte weg wegen der Läuse, und der neue sah genauso aus wie der alte, als er noch frisch war. »Magst du ihn runterbringen?« hat Ela gefragt, und ich hab Lotta den Teddy in den Arm gedrückt, aber am nächsten Morgen hat er bestimmt zwei Meter entfernt auf dem Boden gelegen. Sie wollte ihn nicht, ich hab es ein paarmal versucht. Und ich hab gedacht, wenn sie den Teddy nicht will, will sie überhaupt nichts mehr.

Tante Bella hat sich mal mit einem Nachbarn über seine Frau unterhalten, die war krank, der Nachbar hat gesagt, *sie will einfach nicht mehr,* und ein paar Tage danach hat Tante Bella mir erzählt, daß die Frau in der Nacht gestorben ist. Ich hab Angst gehabt, mit Lotta geht es genauso, ich hab überlegt, wie ich es schaffen kann, sie zum Wollen zu bringen, aber ich hab nicht gewußt, wie man das macht.

28

Drei Tage danach hat Frau Zander in der ersten Stunde die Aufsatzhefte verteilt und das Thema an die Tafel geschrieben: *Ein Mensch, der mich beeindruckt hat, Personenbeschreibung.* Erst wollte ich über Tante Bella schreiben, aber dann hab ich das zu schwierig gefunden, weil ich nicht so genau weiß, ob ich sie mag oder nicht. Janina ging auch nicht, wenn ich über sie schreib, muß ich auch über Ela schreiben, das geht gar nicht anders. Und über Ela darf ich nichts sagen, weil ich dann auch über Lotta reden muß. Oder Dagmar.

Dann hab ich an Herrn Muus gedacht und seinen Freund, aber ich weiß zuwenig über sie, obwohl sie mich ziemlich beeindruckt haben. Aber auf einmal hab ich gewußt, was ich schreiben will, plötzlich war der ganze Aufsatz in meinem Kopf, ich hab gedacht, Frau Zander versteht mich. Sie wird es lesen und sofort wissen, was ich wirklich meine, sie wird mit mir reden, und ich werd ihr sagen, daß ich nichts sagen darf, und dann weiß sie Bescheid und hilft mir.

Ich hab eine Julia erfunden, die wohnt in Mainz und ist so alt wie ich, in einem Ferienlager an der Nordsee lernen wir uns kennen, im letzten Jahr, als ich noch in Korden-Ehrbach gewohnt hab. Wir sehen uns und wissen sofort, daß wir uns gut leiden können. Wir erzählen uns alles.

Von unseren Eltern und Großeltern und wie unsere Zimmer aussehen und was wir später mal werden wollen. Und welche Tiere wir toll finden und was für Filme wir gesehen haben und all das. Eines Tages fragt sie mich, ob ich ein Geheimnis für mich behalten kann, und ich sag *klar,* und sie erzählt mir, daß die Leute, die neben ihr wohnen in Mainz, mal ein Kind im Keller versteckt haben. Ich lach sie erst aus, man verschließt keine Kinder im Keller, aber sie sagt, das ist die Wahrheit. Und ich sag, wenn das wirklich so ist, warum holt niemand das Kind da raus. Sie haben sie rausgeholt, sagt Julia, ein kleines Mädchen, das konnte nicht reden und nicht auf seinen Füßen stehen, aber es ist bestimmt schon fünf oder sechs Jahre alt gewesen.

Als ich so weit gekommen war, hat es geklingelt, ich war noch lange nicht fertig. »Gefärbte Schleimschnecke«, hat Sarah gezischt und ihr Heft nach vorn gebracht. Aber Frau Zander hat gesagt, wer noch nicht fertig ist, darf durch die Pause bis zum Anfang der nächsten Stunde weiterschreiben, ich hab mich beeilt, aber irgendwie ist meine Personenbeschreibung nicht da gelandet, wo sie einen richtigen Schluß hat. Und dann hab ich gemerkt, daß ich mich auch noch verheddert hab, ich hab von einem Geheimnis geschrieben, und eigentlich ist es ja gar keins, in meinem Aufsatz, und dann hat Frau Zander auch schon die Hefte eingesammelt. »Na, Lilly? Du hast ja geschrieben wie die Feuerwehr«, hat sie gesagt.

»Ich bin nicht ganz fertig geworden«, hab ich gesagt. Sie hat gelächelt und den Kopf geschüttelt und gesagt, in der nächsten Klasse haben wir zwei Stunden Zeit für die Aufsätze, darauf soll ich mich schon mal freuen.

Auf der Heimfahrt ist mir schlecht geworden, weil ich da erst begriffen hab, was ich getan hab, Frau Zander geht doch sofort zu Ela und Carl, und ich bin die Verräterin, sie haben mir vertraut, und ich hab sie betrogen. Vielleicht ist Lotta schon raus aus dem Keller, hab ich gedacht, vielleicht ist alles gar nicht so schlimm, vielleicht bin ich verrückt und hab alles nur ausgedacht, wenn ich heimkomm, sitzt Lotta bei Ela in der Küche, und Ela kocht Hörnchennudeln mit Tomatensoße.

Ich sitz immer ganz vorne im Bus, weil hinten die ganzen Cliquen sitzen und ich nicht dazugehör, und ich hab in meinen Rucksack gespuckt, die beiden Mädchen aus der sechsten in der Reihe neben mir haben »Mann, die kotzt hier« geschrien und sind nach hinten gerannt, sie haben sich die Nase zugehalten, und alle im Bus haben gelacht und geschrien und Kotzgeräusche gemacht. Ich bin an der nächsten Haltestelle ausgestiegen und zu Fuß weitergelaufen, erst kurz vor zwei bin ich zu Haus gewesen, und ich hab nicht gewußt, was ich Ela sagen soll, sie macht sich immer gleich Sorgen, wenn ich nicht pünktlich bin.

Lotta war im Keller. Carl hat geschlafen, Ela war überhaupt nicht da, sie hat auch keinen Zettel hingelegt. Ich hab die Badewanne vollaufen lassen und Salmiakgeist reingegossen und alles aus meinem Rucksack reingekippt, den Rucksack auch. Die Bücher hab ich dann zum Trocknen in den Heizungskeller gebracht und über die Wäscheleine gehängt, die Hefte waren so verdorben, daß ich sie wegschmeißen konnte, ich hab sie kleingerissen und in den Müllcontainer getan und obendrauf den Müll aus der Küche geschüttet, damit niemand was sieht.

Zwischendurch hab ich nach Lotta geguckt, ich hab ihr ein Joghurt gebracht, Joghurt ist besser als Banane, der rutscht von selbst runter. Ich hab sie gefüttert, den Löffel immer nur halb voll, es ist immer wieder aus ihrem Mund gelaufen. Ich bin immer nur hin- und hergerannt, einen halben Löffel Joghurt in Lottas Mund, dann die Bücher an einer anderen Stelle aufklappen und wieder auf die Leine hängen, die Seiten haben zusammengeklebt, und die Buchdeckel haben sich gewölbt, ich hab gedacht, ich krieg das nie im Leben hin, dann wieder einen halben Löffel Joghurt in Lottas Mund, und die ganze Zeit hab ich Angst gehabt, Ela kommt und guckt in den Keller, ich kann sie nicht anlügen, ich kann einfach nicht, ich hätt ihr alles gesagt, auch das mit dem Aufsatz. Irgendwie bin ich ganz dünn gewesen innen drin, und auch außen, als hätte man mir die Haut abgezogen und die Zähne weggenommen und die Haare und alles. So hab ich mich noch nie gefühlt vorher.

Ich hab es hingekriegt. Als Carl aufgestanden ist, hab ich in meinem Zimmer gesessen und so getan, als mach ich Hausaufgaben, er hat nicht gemerkt, daß es gar kein Schulbuch ist, sondern *Miss Charming*. Wo Ela ist, hat er gefragt, und ich hab gesagt, ich weiß es nicht. Ob es mir gutgeht, hat er gefragt, und ich hab *ja* gesagt. Und er hat gesagt: »Ich bin dann weg.«

Das ist nur so eine Redensart, ich weiß das, aber ich hab mir sofort vorgestellt, er kommt nie wieder. Am liebsten wär ich ihm nachgelaufen und hätt mich an ihm festgehalten und hätt ihm erklärt, warum ich diese Julia erfunden hab, und daß meine Schulbücher vielleicht für immer verklebt sind und daß ich nicht weiterweiß. Und er hätte gesagt: »Du bist und bleibst meine Lieblingstochter, daran wird sich nie etwas ändern, egal, was passiert.«

Aber dann hab ich gedacht, morgen oder übermorgen hat Frau Zander meinen Aufsatz gelesen, und sie erfahren es sowieso, dann ist alles aus, weil es unmöglich ist, daß sie mir verzeihen können. Und ich hab gedacht, ich hab sie nur noch diese kleine Zeit, meine Mutter und meinen Vater, und diese kleine Zeit muß ich auskosten. *Miss Charming* ist auch naß geworden, weil ich geweint hab, aber nicht so naß wie meine Schulbücher.

Dann hat es an der Haustür geklingelt, da bin ich gerade wieder im Heizungskeller gewesen, um die Bücherseiten auseinanderzupflücken, und draußen stand ein Mann, der wollte den Strom ablesen, ich hab gesagt, ich darf niemanden ins Haus lassen. Er hat mir einen Ausweis gezeigt und war eigentlich ganz nett und hat gesagt, er kann gern einen Nachbarn holen, Herrn Muus zum Beispiel, der kann bezeugen, daß er wirklich vom Elektrizitätswerk kommt, sie kennen sich seit vielen Jahren. Erst wollt ich ihn reinlassen, aber dann ist mir eingefallen, daß der Sicherungskasten im Keller ist, und daß der Mann dann Lotta sieht, ich hab nicht mehr gewußt, ob ich die Tür zugemacht hab unten. Und ich hab nur immerzu den Kopf geschüttelt, er hat bestimmt gedacht, ich bin behindert. Daß er nur unseretwegen nicht noch einmal herkommen möchte, hat er gesagt, alle anderen Häuser in der Straße sind abgehakt auf seiner Liste, und daß er jetzt doch schnell mal den Herrn Muus holt oder, wenn es mir lieber ist, Frau Hundertmark von schräg gegenüber, bei der hat er sogar einen Kaffee bekommen.

Ela hat mich gerettet, sie ist gekommen, als er gerade

aus dem Vorgarten gegangen ist, sie hat gefragt, was er bei uns will, und dann hat sie ihn angefaucht, daß es eine Unverschämtheit ist, ein Kind unter Druck zu setzen. Wenn er seine eigene Tochter so erzieht, daß sie wildfremde Männer in die Wohnung läßt, ist das seine Sache, aber dann soll er sich nicht wundern, wenn eines Tages ein Unglück passiert. Sie denkt nicht im Traum daran, ihn an ihren Zähler zu lassen, nun erst recht nicht, und daß es schließlich vorgedruckte Karten gibt, da kann man den Zählerstand drauf eintragen und schickt den Scheiß zurück, Porto zahlt verdammt noch mal das Elektrizitätswerk, das einem sowieso die Haare vom Kopf frißt.

Wenn Ela wütend ist, kann sie einfach nicht aufhören, Frau Hundertmark hat auch zugehört, sie ist ganz von allein aus ihrem Haus gekommen und hat auf der anderen Straßenseite gestanden, bis Ela unsere Haustür zugeschlagen hat. Sie war ganz außer Atem, sie mußte gleich ins Wohnzimmer, um ihren Zorn runterzuspülen, und sie hat neue Medizin für Lotta mitgebracht, »Großpackung«, hat sie gesagt, »damit dieses ewige Gerenne mal aufhört wie geht es in der Schule.« Alles in einem Satz. Mit Gerenne hat sie gemeint, daß sie immer zu verschiedenen Ärzten muß, weil man für die Medizin jedesmal ein neues Rezept braucht. Und am nächsten Morgen war mein Rucksack immer noch naß und auch die Bücher, aber Ela hat nichts gemerkt.

Jeden Abend hab ich gebetet, daß ich am nächsten Tag nicht in die Schule muß, daß irgendwas passiert, daß die Schule abbrennt oder daß ich krank werde oder wenigstens der Schulbus in den Graben fährt, jeden Tag hab ich gedacht, jetzt hat Frau Zander es gelesen, jetzt weiß sie es, heut wird sie mir sagen, in der Pause muß sie mal mit mir sprechen, was soll ich dann bloß sagen.

Wir haben den Aufsatz erst zwei Wochen später zurückbekommen, am liebsten hätt ich das Heft überhaupt nicht aufgeschlagen, solche Angst hab ich gehabt. Und dann hat Frau Zander gesagt, unsere Eltern sollen die Klassenarbeit unterschreiben, und zwar ausnahmslos und pünktlich bis zur nächsten Deutschstunde, und ich hab gedacht, ich weiß, warum sie das sagt, sie will, daß Ela und Carl lesen, was sie mir ins Heft geschrieben hat, daß sie uns die Polizei ins Haus schickt oder so. Erst auf der Heimfahrt im Bus hab ich nachgeguckt, niemand hat neben mir gesessen, sie sagen *Rucksackkotzer* zu mir. Frau Zander hat mir eine Zwei-bis-Drei gegeben, *das hast du hübsch erzählt* hat sie darunter geschrieben. Das war alles, ich hab es erst gar nicht geglaubt.

Ganz früh am nächsten Morgen hab ich mich im Badezimmer eingeschlossen und hab *E* Punkt *Jessen* unter den Aufsatz geschrieben, in der Deutschstunde mußten wir die Hefte auf unsere Tische legen, und Frau Zander hat kontrolliert, sie hat nichts gesagt, nicht an dem Tag und überhaupt nie. Aber ich hab jeden Tag Angst gehabt, sie sagt doch noch was, und zugleich hab ich Angst gehabt, sie sagt nichts und daß es immer so weitergeht.

29

Bestimmt die fünfte Zigarette, seit wir hier unten sind, sie raucht und raucht und fragt und fragt. Ich hör ihre Worte, aber sie kommen irgendwie nicht an in meinem Kopf, als wenn sie an mir vorbeifliegen, und ich kann sie nicht festhalten, ich will auch gar nicht. Ich guck an ihr vorbei durch das Fenster, vorhin hat noch die Sonne auf die Mauer geschienen. Ich versuch, mir im Kopf den *Frühling* vorzusingen, an manchen Stellen eiert die Kassette schon ein bißchen, bestimmt geht sie bald kaputt.

Ich hab immer gedacht, wenn das vorbei ist mit Lotta, dann geht es mir besser, dann muß ich nicht mehr überlegen, was ich sagen darf und was nicht, Ela und Carl streiten sich dann nicht mehr, wir sind alle wieder fröhlich. Aber das stimmt nicht, mir geht es noch viel schlechter jetzt. Ich hab niemanden mehr. Ela nicht und Carl nicht und auch Lotta nicht. Und die anderen, die nett zu mir waren, Herr Muus und sein Freund und Frau Zander, jetzt wissen sie es alle. Am liebsten würd ich sie nie mehr wiedersehen, aber ich weiß nicht, ob das geht.

Komisch, sie redet so viel, aber sie sagt überhaupt nicht, was mit mir passieren soll, dabei ist es das einzige, was ich wissen möchte. Wo schlaf ich heute nacht. Hoffentlich will sie mich nicht mitnehmen zu sich nach Haus, sie ist mir zuwider, und wenn ich hundert Jahre hier sitzen muß, reden werd ich nicht mit ihr, jedenfalls nicht über uns, nicht über Lotta. Sie würde es sowieso nicht verstehen, sie glaubt, sie ist ein besserer Mensch als Ela und Carl. Sie glaubt, ihr selber wär das nie passiert, das mit Lotta.

Ich glaub, daß jedem Menschen auf der Welt alles passieren kann, daß er ganz schreckliche Dinge tut, die er eigentlich gar nicht tun will. Bei Tante Bella hab ich mal mit ihrem Tintenfaß gespielt, obwohl sie das verboten hat, als ich den Deckel wieder auf das Faß schrauben wollte, ist ein winziger Tropfen auf das weiße Tischtuch gefallen, ich bin in die Küche gelaufen und hab einen Lappen geholt und wollte den Tropfen wegputzen, ich hab ein bißchen Wasser draufgetan, da ist die Tinte hellblau zerflossen, und aus dem Tropfen ist ein Fleck geworden, so groß wie meine ganze Hand. So ähnlich ist es, wenn man Fehler macht, glaub ich, erst sind sie ganz klein, und wenn man sie wieder wegmachen will, und keiner soll es merken, werden sie immer größer, und irgendwann gibt es keinen Ausweg mehr. Lotta ist auch so ein Fleck.

Tante Bella hat gesagt, meine Heimlichtuerei ist schuld gewesen, wenn ich ihr den Fleck gleich gezeigt hätte, wär alles nicht so schlimm geworden, Heimlichtuerei ist praktisch das gleiche wie Lügen. Sie hat gesagt, man kann sich nur wohl fühlen, wenn man immer nur die Wahrheit sagt, aber das glaub ich nicht, ich hab die Wahrheit gesagt, aber ich fühl mich überhaupt nicht wohl.

Dabei hab ich gedacht, damals, es hat mir Glück gebracht, daß Frau Zander meinen Aufsatz nicht verstanden hat, Ela und Carl haben sich danach fast gar nicht mehr gezankt. Carl hat öfter auch tagsüber gearbeitet, abends war er dann zu Haus, und die ganze Nacht, wir haben gefrühstückt zusammen. Ela hat ab und zu richtig gute Laune gehabt, sie hat ganz viel geredet und gelacht, manchmal hat sie sich hinter einer Tür versteckt und gewartet, bis Carl vorbeigekommen ist, dann ist sie ihm von hinten um den Hals gefallen und hat ihn festgehalten, erst hab ich gedacht, sie hat wieder getrunken, aber im Kühlschrank haben keine Flaschen mehr gestanden, der Schnaps im Wohnzimmer war auch weg. Und sie hat anders gerochen, irgendwie appetitlich, nach ihrem *Happy* und nach Pfefferminz oder Lakritz, und sie hat überhaupt nichts mehr gesagt, wenn Carl an seiner Maschine gebastelt hat. Als das Wetter schön wurde, hat sie ihn sogar richtig gedrängelt, er soll in die Puschen kommen, sie hat Lust, ins Blaue zu fahren. Aber sie hat nicht gewollt, daß sein Kollege ihm hilft.

Sie haben extra einen Helm für mich besorgt, und an einem Sonntag sind wir losgefahren, Ela und ich im Beiwagen, der hat so schwarz geglänzt wie der große Flügel in der Aula, und Ela hat gesagt, jetzt sind wir zwei Motorradbräute. Carl durfte sogar die alte Lederjacke anziehen, Ela hat ihm selber den Kragen hochgeklappt, er sieht so schön wild aus damit, hat sie gesagt, und sexy. Wir sind durch Niederbroich gefahren, ganz langsam, in manchen Straßen bin ich noch nie gewesen vorher, und dann über Landstraßen, und die Sonne hat geschienen, Ela hat ausgesehen wie im Film, manchmal sind ihre Rabenhaare vor mein Gesicht geflattert, und ich hab den *Frühling* gesungen, ganz laut, aber ich hab es nicht gehört.

Wir sind in einen Wald gefahren, auf einer Lichtung haben wir gepicknickt, und ich hab Sauerklee gefunden, den haben wir uns auf die Käsebrote gelegt. Wir haben *Von Baum zu Baum, wer hat keinen Baum* gespielt, aber zu dritt geht das nicht so gut, hat Carl gesagt und daß er mal nach den Pferden gucken geht. Welche Pferde, hab ich gefragt, und Ela hat gelacht und es mir erklärt. Und ich hab gedacht, jetzt kann ich es ihr sagen, und ich hab ihr gebeichtet, daß meine ganzen Hefte kaputt sind und meine Schulbücher, und daß Frau Zander gesagt hat, meine Eltern müssen sie am Schuljahrsende bezahlen, weil sie nur geliehen sind von der Schule. Ela hat gefragt, wie es passiert ist, ich hab gesagt, mir ist eine Flasche Wasser ausgelaufen. Sie fand das nicht schlimm, sie hat gesagt, sie schreibt mir eine Entschuldigung wegen der Hefte, es ist nur ein Jammer, weil ich sie so ordentlich geführt hab, wegen der Bücher soll ich mir nicht den Kopf zerbrechen, das schaffen wir schon. Es gibt Wichtigeres auf der Welt als Geld, daß wir drei uns haben zum Beispiel und glücklich sind und zusammenhalten wie Pech und Schwefel. Sie hat sich versprochen, sie hat *Schwech und Pefel* gesagt, darüber hat sie furchtbar gelacht, sie hat es immerzu wiederholt, *Schwech und Pefel*, sie hat rumgekichert und mich durchgeknuddelt und gesagt, wie lieb sie mich hat, sie kann sich keine bessere Tochter vorstellen, sie ist stolz auf mich, weil ich klug bin und so fleißig in der Schule. Und daß ich längst schon eine große Überraschung verdient hab, ich kann mich schon jetzt auf meinen Geburtstag freuen.

Sie hat es nicht vergessen, hab ich gedacht, vielleicht doch noch ein Hund, und je öfter ich mir vorgestellt hab, ich hab einen, desto schöner hab ich es gefunden, irgendwie ist der

Wunsch wieder ganz lebendig geworden in mir, und ich hab schon überlegt, wie ich ihn nennen soll. Am besten hat mir *Pepper* gefallen, aber das paßt nur, wenn er langes und ein bißchen zotteliges Fell hat, dunkelgrau am besten, und er darf nicht zu groß werden, sonst kann er nicht mit in den Beiwagen, vielleicht kann man ihm sogar beibringen, *Von Baum zu Baum* zu spielen, Hunde sind klug, es gibt welche, die können schwarze und weiße Schafe auseinandersortieren.

Die Überraschung war aber etwas ganz anderes, eine Woche vor meinem Geburtstag hat Ela es mir erzählt, sie hat gedacht, ich flipp aus vor Freude und fall ihr um den Hals oder so, aber ich war nur total erschrocken. »Eine Party«, hat sie gesagt. »Mit all deinen Freundinnen.« Damit hat sie die dreizehn Mädchen aus meiner Klasse gemeint. Auch Sarah.

Ich konnte überhaupt nichts sagen, und sie hat gelacht: »Du bist ja richtig sprachlos.«

Ich weiß nicht, wie sie auf die Idee gekommen ist. Sie muß doch wissen, daß ich gar keine Freundin hab, daß ich hier in Niederbroich noch nie zum Spielen bei einer anderen war, zu uns ist auch nie eine gekommen. Ich bin noch nie eingeladen worden, schon gar nicht zu einem Geburtstag, dabei feiern sie andauernd, immerzu verteilen sie Einladungskarten in der Schule, und immer so, daß es jeder mitkriegt, vor allem die, die nicht eingeladen sind, so wie ich.

Sie hat einen Zettel genommen und aufgeschrieben, was wir alles spielen können und was es zu essen geben soll, und ich hab überlegt, ob es überhaupt ein einziges Mädchen gibt in meiner Klasse, das freiwillig zu mir kommen würde, aber Ela hat gesagt, sie hat alles schon organisiert, sie hat heimlich mit Frau Zander telefoniert und sich die Namen geben lassen und die Telefonnummern, dann hat sie bei allen angerufen, auch bei Sarah, und alle haben gesagt, sie kommen gern.

Die nächsten Tage hat Ela nur noch von der Party geredet, und daß sie das schönste Fest machen wird, das die Spießer in Niederbroich jemals gesehen haben. Ständig ist sie einkaufen gegangen und hat Kochbücher gelesen, sie hat das ganze Haus geputzt, alle Kinder sollten sehen, wie schön es bei uns ist. Und die Eltern auch, wenn sie abends kommen, um ihre Kinder abzuholen. »Glas Sekt im Garten«, hat sie gesagt. »Denen zeigen wir es.«

Carl hat auch mitgeholfen, zweimal hat er den Rasen gemäht und die Gartenmöbel saubergemacht und sich von diesem Kollegen aus dem Krankenhaus einen Grill geliehen. Ich mußte ihm helfen, den Abstand zwischen Gartenhäuschen und Apfelbaum auszumessen, für eine Lichterkette, und Herr Muus und sein Freund haben über die Hecke geguckt, sie haben gerade eine Kräuterschnecke angelegt, und Carl hat ihnen von meinem Geburtstag erzählt. Mir war das erst peinlich, aber mit Herrn Muus ist es irgendwie komisch, immer kriegt er es hin, daß es mir gutgeht in seiner Nähe, vielleicht, weil ich ihn so gern anguck, seine Haare sehen aus wie dieser Flaum, den kleine Küken haben.

»Da freust du dich bestimmt, Lady Lilly«, hat er gesagt, und daß er sich eine kleine Überraschung ausdenken will. »Zwölf Jahre, was für ein wunderbares Alter. Hach, noch einmal so jung sein, was, Bernd?«

Er hat seinen Freund angestupst, und sie haben gelacht, Carl auch. Und ich hab gedacht, daß ich zwölf gar nicht so ein tolles Alter finde und daß ich viel lieber schon so alt wär wie Herr Muus, bestimmt lädt der nur solche Leute zu seinem Geburtstag ein, die er wirklich leiden kann und die ihn auch mögen. Und daß ich nicht solche Angst vor der Party hätte, wenn nur er und sein Freund kommen würden.

Ich glaub, wegen der vielen Vorbereitungen haben Ela und Carl an Lotta gar nicht mehr gedacht, oder sie haben sich darauf verlassen, daß ich mich kümmer, ich weiß es nicht. Ich bin jeden Tag nach der Schule zu ihr runtergegangen, manchmal auch nachts mit dem *Frühling* und der Taschenlampe. Sie hat eigentlich immer geschlafen, es war schwierig, sie wach zu kriegen und ihr was zu essen zu geben, sie wollte nicht, höchstens total zermanschte Banane. Wenn man die stehen läßt, ist sie nur noch so ein bräunlicher Schleim und riecht eklig, nie wieder werd ich eine Banane essen in meinem ganzen Leben. Sie war so dünn, daß man ihre Knochen gesehen hat, und die Haut ist nirgendwo mehr weich gewesen und glatt, sie war rauh und schuppig, besonders am Po, am liebsten hätt ich die Augen zugemacht, wenn ich sie gewindelt hab, aber das ging ja nicht. Ich hab Nivea-Creme draufgeschmiert, dabei hat sie gejammert, aber nur ganz leise.

Das einzig Gute war, daß ich sie immer seltener wickeln mußte, die Windeln sind oft noch total sauber gewesen, wenn ich sie aufgemacht hab. Trotzdem hat es gestunken, wahrscheinlich, weil ich sie nie gewaschen hab, ich konnte das einfach nicht. Einmal hab ich es versucht, da hat sie angefangen zu wimmern, mir ist ganz schlecht geworden. Ich hab Ela gefragt, ob wir Lotta nicht mal baden können und ihr frische Sachen anziehen. Ela hat gesagt: »Aber natürlich. Morgen, ja?« Am nächsten Tag hat sie es vergessen, und ich wollte nicht wieder davon anfangen, sie hat so viel Arbeit gehabt wegen der Party.

Die Mädchen in meiner Klasse waren viel netter zu mir als sonst, sie haben mich gefragt, was sie mir schenken sollen und was wir machen, bei Clarissas Geburtstag sind sie im Kino gewesen und bei McDonald's, an Sarahs Geburtstag sind sie zum Bowling gegangen, das war supertoll. Franziska hat sogar gesagt, zu ihrem nächsten Fest lädt sie mich wahrscheinlich auch ein, und ich hab gedacht, vielleicht ist Elas Idee doch nicht so schlecht.

Sie ist mit mir einkaufen gegangen, ich soll bei meinem Fest nicht in meinen alten Kleidern rumlaufen, hat sie gesagt, alle sollen sehen, was für ein hübsches Mädchen ich bin. Sie hat mir eine Hose gekauft in Dreiviertellänge und ein bauchfreies Top und total teure Sneakers, die haben die anderen auch alle.

Ich hab gewußt, daß wir uns die teuren Sachen gar nicht leisten können, in letzter Zeit sind immer solche Briefe gekommen, mit Klarsichtfenster, und jemand von der Bank hat angerufen, und Carl hat gesagt, er weiß nicht mehr weiter. Ela hat ihn getröstet, diese Korinthenkacker stellen sich immer an, wenn man mal ein bißchen in den Miesen ist, die muß man nicht ernst nehmen, aber Carl hat sich trotzdem Sorgen gemacht. Ich hab gesagt, ich brauch keine neuen Turnschuhe, die alten sind noch okay, aber Ela hat gesagt, bald ist Monatsende, und dann kommt wieder Geld. Und ich hab gewußt, das ist das Geld für Lotta und daß es nicht richtig ist, wenn wir Sachen für mich davon kaufen, aber ich hab nichts gesagt, weil Ela so gute Laune hatte.

Zu Haus mußte ich die neuen Sachen Carl vorführen. »Was für eine schöne Tochter ich hab«, hat er gesagt. »Aber ist es ein Wunder? Bei *der* Mutter?« Er hat Ela auf den Hals geküßt, und sie hat geschnurrt wie eine Katze.

30

In der Nacht vor meinem Geburtstag konnt ich nicht schlafen, dabei sind die Nächte von Freitag auf Samstag meine Lieblingsnächte. Dreimal bin ich in den Keller gegangen, ich hab gedacht, sie ruft mich. Aber dann hab ich gemerkt, daß es ein Vogel ist, draußen im Garten. Der hat ganz traurige Pfiffe gemacht, als wenn er sein Nest nicht wiederfinden kann. Als die Sonne aufging, hab ich am Fenster gestanden, ich hatte eiskalte Füße. Vielleicht krieg ich eine Erkältung, hab ich gehofft. Vielleicht muß ich beim Frühstück niesen und husten, und Ela sagt alles ab. Am meisten Angst hab ich vor Sarah gehabt, sie schnüffelt rum, sie weiß immer ganz genau, was ich in meinem Rucksack hab, aber noch nie hab ich sie dabei erwischt, wie sie gerade reinguckt. Aber sie guckt rein, das schwör ich. Sie haßt mich.

Der Garten sah schön aus, die Sonne war noch ganz milchig, sie ist genau über dem Nußgebüsch von Herrn Muus und seinem Freund nach oben gekommen, die Zweige haben ein bißchen gewackelt. Ich konnte die Kätzchen erkennen, im März ist da immer Pollenstaub rausgeflogen, in kleinen gelben Wolken, der setzt sich in die winzigen roten Blüten, damit da Nüsse wachsen können, Haselnüsse sind Selbstbestäuber, sie brauchen nur ein bißchen Wind.

Der Mai ist der schönste Monat, findet Ela, weil alles so

frisch ist, wie geputzt. Und wenn man junge Haselblätter zwischen den Fingern zerreibt, riechen sie ganz grün, das hat mir Herr Muus erzählt, als er mir die Nüsse geschenkt hat, nach dem Schneemann, ich glaub, das war mein drittschönstes Erlebnis, seit wir hier wohnen. Das schönste ist unser Ausflug mit dem Motorrad gewesen und das zweitschönste die *Bergische Sonne.* Es ist immer nur dann schön gewesen, wenn ich Lotta vergessen hab.

Als ich klein war, hab ich mich immer wie verrückt auf meinen Geburtstag gefreut, viel mehr als auf Weihnachten. Meistens ist Janina schon am Abend vorher gekommen, sie hat sich manchmal extra frei genommen. Sie hat mich raten lassen, was sie mir schenkt, nur den ersten Buchstaben hat sie gesagt, und Ela und Carl haben mitgeraten, das hat mehr Spaß gemacht als *Mensch ärger dich nicht* oder *Malefiz.* Carl hat immer Quatsch gemacht, wenn das Geschenk mit A angefangen hat, hat er *Afrika* gesagt oder *Allzweckreiniger* oder *altes Elend,* und ich hab so gelacht, daß ich vergessen hab, was ich gerade gedacht hatte.

Ich hab das Fenster ganz weit aufgemacht, damit ich noch mehr frier, und ich hab mir gewünscht, daß Janina kommt, obwohl sie zu Weihnachten so gestritten haben. Ich hab versucht, ganz stark an sie zu denken, ich hab mir vorgestellt, daß sie gerade aufwacht, und ihr fällt ein, daß heut mein Geburtstag ist, sie zieht sich ganz schnell an und setzt sich in ihr Auto und fährt zu uns. Aber irgendwie hat es nicht funktioniert, plötzlich konnte ich mir nicht mal mehr ihr Gesicht vorstellen, als hätte sie sich irgendwie aufgelöst, ich hab gedacht, vielleicht ist sie längst tot, und keiner hat es mir gesagt.

Dann hab ich mir Tante Bella vorgestellt, wie sie durch ihren Garten geht, noch im Bademantel und barfuß, und das Gras ist naß, das ist gesund, hat sie gesagt. Und komisch, auf einmal hab ich ganz schreckliche Sehnsucht nach ihr gehabt, vielleicht, weil sie nie vor irgendwas Angst gehabt hat. Und weil sie immer so gewesen ist, wie sie ist, sie hat sich nie verändert, ihr ist es egal, was die Leute über sie denken, sie tut nur das, was sie selber richtig findet.

Ich hab darüber nachgedacht, ob es besser wär, wenn ich erst gar nicht auf die Welt gekommen wär, weil sie dann Lotta nicht geholt hätten, die war ja nur für mich gedacht. Dann hab ich Herrn Muus gesehen, er ist im Schlafanzug in seinen Garten gekommen, er hat erst die Kräuterschnecke angeguckt, und dann hat er die Arme ausgebreitet und ist ein paarmal in die Knie gegangen und hat sein Gesicht in die Sonne gehalten, seine Augen waren zu, das hat komisch ausgesehen, aber ich hätt gern neben ihm gestanden und mitgemacht und die Sonne auf meinem Gesicht gefühlt. Ich glaub, Herr Muus und sein Freund genießen das Leben, ich kann mir nicht vorstellen, daß sie vor irgendwas Angst haben, irgendwie sind sie wie Tante Bella. Ich glaub, Herr Muus hätte sogar einen Trick gewußt, wie man die Party aus der Welt schafft, aber wenn ich ihn gefragt hätte, hätt er bestimmt wissen wollen, warum ich die Party nicht will, und außerdem sollte ich ja sowieso nicht mit ihm reden.

Als ich dann die Banane für Lotta zermanscht hab, ist Ela in die Küche gekommen, sie hat ihren Kimono angehabt mit dem goldenen Drachen auf dem Rücken, und ihre Rabenhaare waren ganz zerzaust, sie hat »huch« gesagt, als sie mich sah. »Du sollst doch noch schlafen, das ist *dein* Tag heute, Schätzchen. Heut bist du der Chef. Komm, laß dir gratulieren.«

Sie hat mich zwölfmal geküsst und ganz fest an sich gedrückt, sie hat nach Carl gerochen und ist ganz warm gewesen, und der goldene Drache auch.

»Du hast ja Eisfinger«, hat sie gesagt, und mich zu Carl geschickt. Er hat unter der Bettdecke meine Hände und Füße gerubbelt und so getan, als hätt er meinen Geburtstag vergessen, unter seinem Kopfkissen hat er ein blau eingewickeltes Päckchen gefunden und war total erstaunt. Wie das wohl dahin gekommen ist, hat er gesagt, und für wen das wohl ist. Er hat daran geschnüffelt und sein Ohr daran gehalten, weil es vielleicht tickt und eine Bombe darin ist.

Es hat nicht getickt, obwohl die Armbanduhr darin gewesen ist, mit digitaler Anzeige, Carl hat getan, als hätt er sie noch nie gesehen. Und weil er schon eine hat, soll ich sie behalten, hat er gesagt, und daß ich jetzt auch unter Wasser immer nachgucken kann, wie spät es ist, weil sie wasserfest ist und druckfest, ich kann vierzig Meter tief damit tauchen. Dabei kann ich gar nicht tauchen, nur in der Badewanne ein bißchen, weil ich weiß, daß ich da nicht untergehen kann. Er weiß, daß ich Angst hab vor richtig tiefem Wasser, aber ich glaub, er möchte mir helfen, daß ich diese Angst verlier, Carl ist so.

Er hat furchtbar viel Unsinn gemacht mit der Uhr und mit mir, aber irgendwie konnt ich nicht so richtig lachen, obwohl ich es versucht hab. Irgendwas hat mich gestört, und ich hab gedacht, es ist meine Angst vor der Party am Nachmittag.

Ela ist mit dem großen Tablett gekommen, da war das ganze Frühstück drauf, und auf meinem Teller hat ein Marzipanherz gelegen. »Bescherung machen wir später«, hat sie gesagt, »erst mal machen wir es uns gemütlich.«

»Bescherung?« hat Carl gesagt. »Was für eine Bescherung. Hab ich zufällig Geburtstag?«

»Rabenvater.« Ela hat gelacht, fast wär der Kaffee aus ihrem Becher geschwappt.

»Rabenvater, Rabenkind gern bei Rabenmutter sind«, hat Carl gesagt, wenn er lustig ist, macht er manchmal solche Verse. Ich hab zwischen ihnen gelegen, und zum Spaß haben sie mich beide gefüttert, immer abwechselnd, und Carl hat von einem Patienten im Krankenhaus erzählt, der sagt immer, *Wer nie sein Brot im Bette aß, der weiß auch nicht, wie Krümel piken.*

Ich weiß nicht, warum, aber bei *Brot im Bette* ist es mir eingefallen, ich versteh immer noch nicht, wieso erst dann, ich muß einen schwarzen Vorhang in meinem Kopf gehabt haben, und bei *Brot im Bette* ist er so plötzlich zerrissen, daß es weh getan hat. Ein paar Wochen vor meinem Geburtstag im letzten Jahr ist Lotta zu uns gekommen, aber ihren Geburtstag hatten wir noch nie gefeiert.

31

Es hat geklopft, und ein Polizist ist kurz reingekommen, ziemlich jung und mit Brille und Pickeln, der hat mich angeguckt, als wenn ich ein Mörder wär oder so was, der Frau hat er zwei Schachteln Zigaretten gegeben. Sie hat gefragt, ob er den Bräutigam endlich erreicht hat, und er hat gesagt: »Ist schon unterwegs.«

Wenn er ihr gleich zwei Schachteln bringt, wie lange soll das hier noch dauern. Und wer ist der Bräutigam, hier ist doch keine Hochzeit. Vielleicht heißt er nur so und ist auch ein Polizist, und sie will ihn dabeihaben, damit er ihr hilft mit mir, damit sie endlich ihr Protokoll machen kann, dann reden sie zu zweit auf mich ein und wollen mir beibringen, was Ela und Carl und ich falsch gemacht haben.

Sarah hat mal erzählt, daß sie mit ihren Eltern und ihren beiden Schwestern zu einem Familiengespräch gehen mußte, zu irgendwelchen Therapeuten, einem Mann und einer Frau, die haben zusammengearbeitet. Da war Sarah noch in der Grundschule, und ihre Eltern waren noch nicht geschieden, sie haben sich schrecklich gefetzt, und die Therapeuten haben gesagt, es ist besser, wenn sie sich trennen. Danach ist sie mit ihrer Mutter und der einen Schwester zu ihrer Oma gezogen, und die andere Schwester ist beim Vater geblieben, aber die war schon groß. Sarah hat gesagt, am schlimmsten ist es gewesen, als sie den Mund halten mußte und alle an ihr herumkritisieren durften, sogar ihre Mutter hat gesagt, sie ist ein widerborstiges Kind, vor den beiden Therapeuten hat sie das gesagt. Ela würde so was nie tun. Ich versteh Sarah nicht, nie im Leben würd ich rumerzählen, daß Ela manchmal mit mir schimpft, eher würd ich mir die Zunge abbeißen. Aber Sarah ist sowieso ganz anders als ich, sie tut immer nur, was sie will, sie denkt nie darüber nach, was die anderen wollen. Sie sagt, wer immer auf die anderen schielt, ist ein Feigling. Damit hat sie mich gemeint.

Vielleicht hat der Polizist mit den Pickeln unser Haus versiegelt wie bei Verbrechern, und ich kann nie wieder an meine Sachen. Aber ich möchte sowieso nicht wieder nach Haus, nicht ohne Ela und Carl.

Sie waren so lustig an meinem Geburtstag, obwohl noch so viel zu tun war, bevor die Mädchen gekommen sind, und dann war auch noch die Sonne weg plötzlich. Als ein paar Regentropfen gefallen sind, hat Ela diese Falte gekriegt und ist rausgelaufen, um die Kissen von den Stühlen zu nehmen und die Fackeln aus der Erde zu ziehen, zwölf Stück, ich hab noch nie Fackeln gehabt an meinem Geburtstag, nach dem Abendessen sollten sie angezündet werden, alle Eltern sollten sie brennen sehen. »Wenn es regnet, dreh ich durch«, hat sie geschrien.

Drüben hat Herr Muus mit seinem Freund die Kräuterschnecke bepflanzt, ich hab gehört, wie er zu Ela gesagt hat, er sorgt dafür, daß Lady Lilly ein sonniges Fest bekommt, er hat gute Beziehungen zu Petrus, und ob er gleich mal sein Geschenk vorbeibringen darf und persönlich gratulieren, so über den Zaun weg findet er zu unhöflich. Ich hab am Küchenfenster gestanden und eine Tafel Schokolade verpackt, mit viel Bindfaden, wir sollten *Schokoladeauspacken* spielen, und auf dem Tisch hat immer noch der Bananenschleim für Lotta gestanden, schon ganz braun, und eine Fliege schwamm darin, die war tot.

»Da wird Lilly sich aber freuen«, hat Ela gesagt, und ich hab gedacht, es kann nur an Herrn Muus liegen, daß ihre Stimme plötzlich wieder ganz freundlich ist. Ich glaub, wenn wir ihn zum Freund gehabt hätten, so richtig, wär alles ganz anders gekommen.

Eine halbe Stunde später war der Himmel wieder blau, und Ela hat die Kissen wieder rausgeschleppt, und Herr Muus und sein Freund haben an der Haustür geklingelt, da wollte ich eigentlich gerade schnell in den Keller, die braune Schicht mit der Fliege hatte ich weggemacht. Sie haben mir einen Luftballon geschenkt, mit lauter bunten Schlieren, *marmoriert* hat Herr Muus gesagt, und mit Gas gefüllt, ein Zettel mit meinem Namen und meiner Adresse hing dran, den sollte ich fliegen lassen. »Vielleicht findet ihn jemand und schreibt dir dann«, hat Herr Muus gesagt, »man kann nie wissen, was das Leben für einen bereithält.«

Ich hab gesehen, wie er seine Schulter an seinen Freund gedrückt hat dabei, ganz kurz nur, und sein Freund hat gesagt: »Stimmt auffällig genau.«

Ich hab gefragt, ob ich den Ballon jetzt gleich fliegen lassen muß, oder ob das auch später geht, weil ich gedacht hab, ich könnt noch was auf den Zettel schreiben, irgendwie hab ich mir vorgestellt, Janina findet den Ballon, oder Tante Bella, das war Quatsch, aber gedacht hab ich es.

»Wir würden natürlich gern zusehen und unsere guten

Wünsche für dich mitschicken«, hat Herr Muus gesagt. Und sein Freund hat einen Finger angeleckt und hochgehoben und gesagt: »Minimaler Wind von Westen. Aber in den oberen Etagen könnte es mehr sein, vielleicht kriegst du Post aus Dresden.« Es hat sich angehört wie *griechsde* und *Trähsten.*

»Da kommt er nämlich her«, hat Herr Muus gesagt, »aber das verrät er nicht jedem. Also am besten, du stellst dich mitten auf die Straße, damit er nicht irgendwo hängenbleibt. Oder möchtest du Post von Frau Hundertmark bekommen?«

»Na, die kriegt man auch ohne Ballon«, hat sein Freund gesagt und eine Grimasse gezogen, und Herr Muus hat *pscht* gemacht und mir das Gartentor aufgehalten, ich hab mich gewundert, wieso sie Post von Frau Hundertmark kriegen, wo die doch genau gegenüber wohnt.

Der Ballon ist ziemlich schnell nach oben gestiegen, der Zettel hat sich gedreht wie verrückt, als wenn er nicht mitwill, aber das konnte man schon bald nicht mehr sehen. Er ist schräg über das Haus geflogen, wo neulich die Leute mit dem Baby eingezogen sind, und komisch, erst hat er geleuchtet vor dem blauen Himmel, dann ist er dunkel geworden, schließlich ist er nur noch ein schwarzer Punkt gewesen. Ich hab das Gefühl gehabt, das bin ich da oben, ganz hoch über allen Menschen und Tieren und Häusern, und ich flieg über das ganze Land und über die Berge bis zum Meer, wo die gestreiften Schirme stehen. Mir ist ein bißchen schwindelig geworden, aber das ist weggegangen, als ich wieder nach unten geguckt hab, und da hat Frau Naumann neben uns gestanden, und ihr Mann ohne den

Arm, sie haben auch nach oben gesehen, und Frau Naumann hat gesagt: »So was zerplatzt doch im Handumdrehen heutzutage.«

»Dieser nicht«, hat Herr Muus gesagt, und er hat erzählt, daß ich Geburtstag hab, und es hat mich gegraust, weil Herr Naumann mir mit der linken Hand gratuliert hat, rechts hat er nur den Ärmel, der ist mit einer Sicherheitsnadel hochgesteckt.

Komisch, daß ich mich so genau erinnern kann, ich weiß noch, daß Herr Naumann einen Korb getragen hat, da waren lauter Dosen mit Katzenfutter drin, er mußte den Korb abstellen, bevor er mir die Hand geben konnte, mir war das peinlich. Aber es ist auch irgendwie schön gewesen, alle sind nett zu mir gewesen und haben mir Glück gewünscht. Ich hab gedacht, eigentlich sind Nachbarn etwas Gutes, und wenn Ela das auch finden würde, könnt ich vielleicht manchmal zu Naumanns gehen und mit ihrer Katze spielen, vielleicht haben sie sogar mehrere, weil sie soviel Futter eingekauft haben.

Ich wollte sie gerade danach fragen, da hat Ela mich gerufen, und Herr Muus hat gesagt: »Wir wünschen dir einen besonders schönen Tag, Lady Lilly.« Da hab ich plötzlich überhaupt keine Angst mehr vor der Party gehabt. Ich hab gedacht, vielleicht wird es ja wirklich ein schöner Tag, und alles kommt in Ordnung, irgendwie. Weil man ja nie weiß, was das Leben für einen bereithält.

32

Sie sind fast alle auf einmal gekommen, noch nie ist es so laut bei uns gewesen und so voll. Franziska hat einen blau-weißgestreiften Gipsverband um die rechte Hand gehabt, sie hat mir gratuliert wie Herr Naumann, »mit links, Glück bring's«, hat sie gekichert. Sie ist mit ihrem Skateboard hingefallen, am Abend vorher, sie hat wahnsinnig angegeben damit, sie ist sowieso immer die Hauptperson. Mir ist das egal gewesen, ich hab nur gewollt, daß sie die Party alle gut finden und endlich merken, daß ich ganz normal bin.

Die Tischkarten hab ich selber gebastelt, auf jedem Namenskärtchen hat ein Maikäfer geklebt, das fanden alle niedlich, nur Sarah hat gesagt: »Merkt man, daß deine Mami mal im Kindergarten gearbeitet hat.« Als wenn Kindergärtnerin ein ganz fieser Beruf ist, dabei tut ihre Mutter überhaupt nichts, und die Oma geht putzen, obwohl sie schon ganz alt ist. Vielleicht hat Sarah aber auch gewußt, daß Ela rausgeflogen ist, und wollte mir das unter die Nase reiben, ich weiß es nicht.

Irgendwie haben dann alle angefangen, über ihre Eltern zu reden, und sie haben sich immerzu Kuchen genommen und Cola nachgegossen. Franziska hat von zwei Kuchenstücken nur ein einziges Mal abgebissen und gleich das nächste genommen, Ela hat sich geärgert, das hab ich gesehen, aber sie hat nichts gesagt.

Lolas Eltern sind auch geschieden, das hab ich nicht gewußt, und die Eltern von Clara sind zum zweiten Mal miteinander verheiratet, darüber haben alle gelacht. Aber ich find das schön, wenn man es zweimal tut, wird man sich bestimmt nie wieder trennen, nie im Leben. Dann hat man so lange darüber nachgedacht, daß man es total sicher weiß. Beim zweiten Mal haben sie noch ein Kind gekriegt, »aber erst hinterher«, hat Clara gesagt, »hätt ich auch scheiße gefunden, wenn meine Mam mit einem dicken Bauch geheiratet hätte, und ich muß mir das angucken.« Und alle haben wieder gelacht.

Ela hat es auch gehört, aber sie hat nur ihre Augenbrauen ein bißchen hochgezogen, sie mag nicht, wenn Kinder solche Wörter sagen, sie mag auch nicht, wenn man mit dem Essen rumsaut, aber sie hat überhaupt nicht gemekkert, ich war so froh. Sie hat noch mehr Kuchen gebracht und mich daran erinnert, daß ich die Geschenke auspacken muß, weil es unhöflich ist, wenn man zu lange damit wartet. Von Lola hab ich eine Glaskugel bekommen, wenn man sie in die Sonne stellt, drehen sich innen drin so kleine silberne Flügel, das sind Solarzellen. Franziska hat gefragt, ob das ein Werbegeschenk ist, weil Lolas Mutter in einer Firma arbeitet, die mit Sonnenenergie zu tun hat, Franziska ist manchmal ziemlich gemein, aber vielleicht muß man so sein, wenn man immer im Mittelpunkt stehen will.

Ela hat ihre Liste mit den Spielen an die Terrassentür geklebt, zuerst war *Schokolade auspacken* dran, weil wir dafür gleich sitzen bleiben konnten, sie hat nur schnell das

Geschirr abgeräumt, Carl hat geholfen. Aber Franziska hat ihren Gipsarm hochgehoben und gesagt: »Na toll. Ich soll also nicht mitmachen oder was.«

»Oh. Das hab ich jetzt nicht bedacht«, hat Ela gesagt, »entschuldige. Wir wär es mit ein paar Runden *Koffer pakken,* dafür braucht man nur seinen Kopf.«

Ich hab gesehen, wie Lola die Augen verdreht hat, sie hat Sarah ins Ohr geflüstert: »Und danach *Häschen in der Grube,* wetten?« Aber alle konnten es hören.

Ich hab schnell gesagt, wir brauchen überhaupt nichts zu spielen, und alle haben durcheinandergeredet, am lautesten hat Lola geschrien, sie will Musik und tanzen, aber Franziska hat gesagt, tanzen ohne Jungs ist *Kack,* und Carl hat im Wohnzimmer Musik angestellt und lauter Klopapierrollen rausgebracht, damit wir uns gegenseitig einwickeln, aber Sarah und Lola und Franziska haben nicht mitgemacht, sie sind durch den Garten gegangen und haben getuschelt und gekichert. Ela hat gesagt: »Mach dir nichts draus, das krieg ich schon hin«, und hat mich ins Haus geschickt, Klebstreifen holen, ich hab schnell in den Keller geguckt, aber Lotta schlief, jedenfalls konnt ich von der Tür aus sehen, daß sie die Augen zu hat.

Als ich wieder rausgekommen bin, hatten Lola und Sarah Franziska schon fast ganz eingewickelt, Ela und Carl haben es dann auch mit Lola und Sarah gemacht, die anderen standen alle wie Mumien um sie herum, das hat komisch ausgesehen. Lauter Klopapierstücke sind durch den Garten geflattert, und alle haben gelacht, am meisten Franziska. »Mann, ich bepiß mich gleich«, hat sie immerzu geschrien. Ich war stolz auf Ela, weil sie es geschafft hat, daß sogar

Franziska die Party endlich gut findet. Daß ich selber nicht eingewickelt war, hat niemand gemerkt, aber das war mir egal.

Dann sind sie alle durch den Garten gegangen, im Gänsemarsch mit ganz kleinen Schritten, damit das Papier um die Beine nicht zerreißt, Franziska vorneweg, sie haben Gespenstertöne gemacht und künstlich geheult und gejammert, alle haben es toll gefunden. Aber dann ist Sarah an den verwilderten Himbeerbüschen hängengeblieben, das ganze Klopapier ist von ihr abgerissen, sie hat gesagt, sie hat keine Lust mehr, und daß wir jetzt Verstecken spielen, überall, im Garten und im ganzen Haus, sie zählt bis fünfzig, und dann sucht sie uns. Sie hat sich an den Apfelbaum gestellt und hat gezählt, alle sind losgelaufen und haben sich dabei das Klopapier abgerissen, sie haben es einfach in die Gegend geschmissen.

Ich wollte erst ins Gartenhäuschen, aber da ist Lola schon gewesen, »hier würde ich mal aufräumen«, hat sie geflüstert und ein angeekeltes Gesicht gemacht. Ich bin zur Hecke rübergelaufen, da gibt es eine Stelle, in die paß ich genau rein, aber dann hab ich gesehen, daß Clara und Franziska über die Terrasse zum Wohnzimmer gelaufen sind, sie sind fast mit Ela zusammengestoßen, und irgendwie hab ich gewußt, jetzt passiert was. Sarah war schon bei dreißig, aber ich bin stehengeblieben und hab zugeguckt, wie Ela Franziska festgehalten hat, Clara war schon im Haus.

»Wo wollt ihr hin?«

»Uns verstecken.«

»Nicht im Haus!« Erst hat Elas Stimme gezischt, und

dann hat sie geklungen wie die Tür zum Keller, bevor Carl die Scharniere geölt hat. »Ihr könnt gern auf die Toilette, wenn ihr mal müßt, aber gespielt wird im Garten. Verstanden?«

»Ich klau schon nichts, falls Sie das denken«, hat Franziska gesagt, »außerdem wollt ich sowieso gehen, mit meinem Arm. Eigentlich darf ich gar nicht hier sein.«

Bestimmt war das gelogen, wenn ihr der Arm weh getan hätte, hätt ich das längst gemerkt. Aber Ela hat sich überhaupt nicht mehr für Franziska interessiert, sie ist ins Haus gerast, und ich hab gewußt, sie gibt keine Ruhe, bis sie Clara hat. Und komisch, in dem Moment hab ich mir gewünscht, Clara ist schneller als Ela und macht die Tür zum Keller auf und geht nach unten und sieht, wer da ist. Und schreit es ganz laut raus, und jeder kann es hören. Und zugleich hab ich gebetet, Ela kann das verhindern. Es ist schrecklich, wenn man zwei Wünsche hat, und die gehen in ganz verschiedene Richtungen, das ist, als wenn man in der Mitte durchgerissen wird.

Franziska hat ein Handy, fast alle in meiner Klasse haben eins, sie hat zu Haus Bescheid gesagt, sie geht jetzt los, ihr Vater soll ihr entgegenfahren. Zu mir hat sie nur kurz *Ciao* gesagt, sie ist außen ums Haus rum zur Straße gegangen, ich hab nicht gewußt, ob ich sie zurückhalten soll oder nicht. Die anderen sind alle aus ihrem Versteck gekommen und haben mich angeguckt, als wenn ich zwei Köpfe hab, keine hat was gesagt zu mir, nur Sarah hat gebrüllt: »Wieso seid ihr denn nicht versteckt, ihr doofen Kühe.«

Gleichzeitig hab ich gehört, wie im Haus eine Tür zugeschmissen wird. »Jetzt finde dieses Kind, mein Gott!« hat Ela geschrien, ich hab gehofft, die anderen merken nicht, wie wütend sie ist.

Dann ist Carl mit Clara rausgekommen, ich hab ihr gleich angesehen, daß sie nicht im Keller gewesen ist. Sie war nach oben in mein Zimmer gegangen und wollte wissen, wieso ich zwei Betten hab, ich hab gesagt, das zweite ist für Besuch. Carl hat ein Gesicht gemacht, als hätt er nicht gehört, daß ich lüge.

Ela ist erst ein paar Minuten später gekommen, sie hat nach Schnaps gerochen. Sie hat sich echt Mühe gegeben, gute Stimmung zu machen, aber es ist nur noch langweilig gewesen, ich glaub, alle haben nur darauf gewartet, daß die Party zu Ende geht und daß sie abgeholt werden. Überall haben die Klopapierfetzen rumgelegen, Carl mußte sie aufsammeln, weil Ela gesagt hat, man kann keine Fackeln brennen lassen, wenn Papier durch die Gegend fliegt. Er hat ganz lange gebraucht dafür, mit einer Plastiktüte ist er unter den Büschen rumgekrochen, ich glaub, er hat extra langsam gemacht, weil Ela bestimmt schlimme Sachen zu ihm gesagt hat, vor lauter Panik, daß Clara in den Keller geht.

Die Fackeln hat er angezündet, als es noch ganz hell war, wir haben unter der Markise auf der Terrasse gesessen und *Stop* gespielt und noch mehr Kuchen gegessen, alle haben sich gelangweilt. Immer, wenn jemand *stop* gesagt hat und alle aufgehört haben zu kauen, hab ich an den Ballon gedacht, der durch den Himmel fliegt, und ich hab mir vorgestellt, ich bin der Ballon. Ganz weit weg und ganz ganz oben.

33

Dieser Bräutigam ist gekommen. Ohne Uniform. »Gott sei Dank, endlich«, hat sie gesagt, als wenn er sie von einer einsamen Insel rettet. Sie will mich loswerden.

Er hat mir die Hand gegeben und »Tag, Lilly« gesagt und daß ich ihn Hans-Jürgen nennen soll und *du* sagen, über seinen Nachnamen hat er irgendeinen Witz gemacht, sie haben beide gelacht, aber ich hab nicht zugehört. Sein Bart sieht aus wie dieser Strubbel an einer Kokosnuß, Janina hat mir mal eine mitgebracht, wir haben sie aufgesägt und die Milch getrunken, eigentlich hat sie nach gar nichts geschmeckt. Er hat fettige Haare, die sind quer über den Kopf gekämmt, man kann die Haut sehen dazwischen, er hat Jeans an und ein kariertes Hemd, das ist nicht gebügelt, und er riecht nach Schweiß.

Er sagt, er kommt vom Jugendamt. Er sagt, er kümmert sich um mich.

Ich merk, wie es in meinen Ohren ganz heiß wird und braust, ich muß an diese Frau Ruland denken. Warum hat sie sich nie um Lotta gekümmert und um Ela und Carl und wie wir zurechtkommen, sie hat sich nur für ihre eigenen Sachen interessiert, für ihre Gardinen und daß sie abnehmen will, wir sind ihr ganz egal gewesen, alle zusammen.

Sie flüstern miteinander, sie sind in eine Zimmerecke

gegangen und zünden sich Zigaretten an, bestimmt reden sie über mich. Oder über Ela und Carl. Wenn ich nur wüßte, wo sie sind und wie es ihnen geht, vielleicht werden sie die ganze Zeit ausgefragt und angeschrien und haben gar keine Zeit, an mich zu denken. Bestimmt hat Ela immerzu Kopfweh, niemand tröstet sie, niemand gibt ihr was zu essen, niemand weiß, was sie braucht.

Vielleicht haben sie ihr die Kleider weggenommen, weil sie jetzt ins Gefängnis muß, die helle Hose und das gestreifte Hemd und die schwarze Jacke, wenn sie das anhat, sieht sie aus wie eine Stewardeß, sagt Carl. An meinem Geburtstag hat sie mein Lieblingskleid angehabt, das grüne mit den Blümchen, das so schön glatt ist, extra für mich. Aber während wir *Stop* gespielt haben, hat sie sich umgezogen, alle haben sie angestarrt, als sie wieder auf die Terrasse gekommen ist, und Lola hat *wow* gesagt.

Sie hatte das weiße Kleid an, das ist fast durchsichtig, und die Eidechsenschuhe, und sie hat sich die Lippen angemalt. Sie hat ausgesehen, als will sie auf ein großes Fest, ihre Rabenhaare fielen offen über ihren Rücken bis zum Po, und sie hat den silbernen Ohrring angehabt, den Carl im Beiwagen gefunden hat, der hat in der Sonne gefunkelt. Die Mütter von den anderen Mädchen hatte ich noch nie gesehen, aber ich hab gewußt, Ela ist die schönste. Und ganz egal, daß Tante Bella sagt, Schönheit ist nicht wichtig im Leben: Ich weiß genau, das stimmt nicht, schöne Menschen mag man einfach lieber. Herr Naumann ist nett zu mir gewesen, aber ich mag ihn trotzdem nicht besonders, weil er nur einen Arm hat, ich kann doch nichts dafür, wenn ich das eklig finde. Er kann auch nichts dafür, aber das ändert doch nichts. Ich glaub sowieso, Tante Bella hat das mit dem Schönsein nur gesagt, weil sie selber ziemlich häßlich ist, sie hat überhaupt keine Taille. Wenn Carl drei Hände hätte, würden die genau um Elas Taille reichen.

Sie hat ihn nach oben geschickt, weil er ganz dreckig war vom Rumkriechen, und uns hat sie von der Terrasse gescheucht, sie hat den Tisch ganz neu gedeckt, Gläser und Sektkübel und eine Platte mit Häppchen, Lachs und Pastete und solche Sachen, und unser bestes Geschirr, das benutzen wir nur an Feiertagen, es hat einen goldenen Rand. Und neue Servietten aus Stoff, die hat sie extra für die Party gekauft. Als es geklingelt hat, sind alle zur Tür gerannt, und sie hat in den Garderobenspiegel geguckt und ihre Haare zurechtgezupft, sie hat gewollt, daß alles nur schön ist bei uns.

Claras Vater ist der erste gewesen, er wollte gleich wieder los, weil seine Frau mit dem Essen wartet. Ela hat gelacht, sie hat ihn am Arm genommen und reingezogen, »machen Sie mir die Freude«, hat sie gesagt. Sie hat ihn auf die Terrasse geführt, genauso hat sie es auch mit Sarahs Mutter gemacht und mit Lolas und Annes Vätern und Steffis großem Bruder, der ist schon zwanzig und kann Auto fahren. Alle mußten von den Häppchen essen und Sekt trinken, Annes Vater hat aber nur Orangensaft genommen, damit er seinen Führerschein nicht verliert. »Mein Gott, Sie sind ja ein ganz Korrekter«, hat Ela gesagt, sie hat gelacht dabei, aber ich glaub, sie hat sich geärgert, sie mag nicht, wenn sie sich was ausdenkt und man findet es dann nicht genauso schön wie sie.

Clara hat auch einfach eins von den Häppchen genommen, sie hat abgebissen und »bäh, Fisch« gesagt und es zurückgelegt. Da hat Ela gesagt, *bäh* gibt es in unserem Haus nicht, wir sollen reingehen zu Carl, der macht Hamburger für uns Kinder. Clara hat das Gesicht verzogen und gesagt, sie will gar keine Hamburger, ich hab schon gedacht, jetzt geht es mit ihr so wie mit Franziska vorhin, aber dann ist sie doch mitgegangen in die Küche.

Ich hab Carl geholfen und Gurken und geröstete Zwiebeln auf das Hackfleisch gelegt, dabei hab ich nach draußen geguckt zu den Erwachsenen. Ela hat dauernd Sekt nachgeschenkt und immerzu geredet und gelacht, die anderen haben überhaupt nichts gesagt, nur *danke* oder *bitte*, und Annes Vater hat unterm Tisch auf seine Uhr gesehen, immer wieder. Als Ela eine neue Flasche geholt hat, ist sie ein bißchen gegen die Terrassentür gekommen, wirklich nur ein bißchen, aber Sarahs Mutter hat gegrinst und Claras Vater was zugeflüstert. Sie waren nicht nett.

Dabei ist Ela so höflich gewesen, sie hat gesagt, sie ist froh, daß sie die anderen Eltern endlich kennenlernt und daß man sich bestimmt öfter sieht in Zukunft, weil die Kinder miteinander befreundet sind. Zu Sarahs Mutter hat sie sogar gesagt, wie schön sie ihr Kleid findet, Sarahs Mutter ist fett, und das Kleid ist viel zu eng gewesen, Ela wollte einfach freundlich sein.

Nach den Hamburgern sollte ich die anderen eigentlich mit nach oben in mein Zimmer nehmen, damit die Erwachsenen sich in Ruhe unterhalten können, aber Clara ist gleich wieder auf die Terrasse gegangen und die anderen sofort hinterher, ich konnte gar nichts machen dagegen. Clara wollte nach Haus, sie wollte unbedingt noch irgendeinen

Film sehen, der fing Viertel nach acht an, sie hat sich zu ihrem Vater auf die Stuhllehne gesetzt und gesagt: »Jetzt komm doch endlich«, mehrere Male. Er ist ein Steuerberater, Ela hat ihn gerade irgendwas gefragt, und Clara hat an seinem Ärmel gezupft und noch mal gesagt, daß sie loswill. Ela ist aufgesprungen und hat Clara von der Stuhllehne gezogen und gesagt: »Jetzt läßt du deinen Vater mal in Ruhe, du kleine Nervensäge.« Sie hat ziemlich undeutlich gesprochen, aber ein bißchen zu laut.

Niemand hat was gesagt. Clara ist knallrot geworden, sie hat ausgesehen, als wenn sie gleich losheult, sie hat mir leid getan. Und dann hat sie es doch gemacht wie Franziska, sie ist einfach weggegangen, ums Haus rum zur Straße, aber sie hat nicht mal *Ciao* zu mir gesagt, sie hat mich gar nicht angeguckt. Ihr Vater hat seinen Autoschlüssel vom Tisch genommen und zu Ela gesagt, die Erziehung seiner Tochter kann sie ruhig ihm überlassen, und daß sie ja wohl auch nicht gerade eine Expertin ist, wie er so gehört hat. Und vielen Dank für den Sekt.

Er wollte Clara nachgehen, Ela hat sich ihm in den Weg gestellt. Was er gehört hat, hat sie gefragt, und dann hat sie angefangen zu schreien, daß nur Lügen über sie verbreitet werden in Niederbroich, von lauter Spießern, die ihre Gören nicht erziehen können. Alle Eltern haben plötzlich durcheinandergeredet und sind aufgestanden, und Ela hat geschrien, das ist typisch, immer schön weglaufen, sie sollen bloß alle verschwinden mit ihrem verzogenen Nachwuchs, der in fremden Häusern rumschnüffelt. Und daß sie auf der Stelle eine Entschuldigung hören will.

Claras Vater hat sie beiseite geschoben und gesagt, sie

soll ihn in Ruhe lassen, er diskutiert nicht mit betrunkenen Frauen, und Ela hat in sein Gesicht geschlagen, es hat richtig geklatscht. Ich hab es nicht ausgehalten, ich bin ins Haus gerannt, nach oben in mein Zimmer, ich hab mir die Ohren zugestöpselt und den *Frühling* gehört, fast ist mir der Kopf zerplatzt. Ich hab auch den *Sommer* gehört und den *Herbst* und *Winter*, und ich hab zugesehen, wie Carl unten den Garten aufräumt und die Lichterkette abhängt, und ich bin immer trauriger geworden.

Ich hab mir vorgestellt, wie es am Montag in der Schule sein wird, daß es dann alle in meiner Klasse wissen, auch die Jungen, die Mädchen werden ihnen erzählen, daß meine Mutter sich betrunken und Claras Vater ins Gesicht geschlagen hat, *Säuferin* werden sie Ela nennen, und bestimmt werd ich nie im Leben zu irgendeinem Fest eingeladen. Ich hab daran gedacht, wie es am Morgen gewesen ist, da haben wir alle drei im Bett gelegen und gefrühstückt und gelacht und uns liebgehabt. Und ich hab das nicht verstanden: Erst ist alles in Ordnung, sie sagt, ich bin das Wichtigste in ihrem Leben, und dann macht sie mir alles kaputt. Ich hab mir gewünscht, der Tag fängt noch mal ganz von vorn an, und alles passiert ganz anders, genau von dem Moment an, als ich den Ballon losgelassen hab.

Dann ist mir eingefallen, daß ich Lotta ein Stück von meinem Geburtstagskuchen bringen könnte. Ich hab eins von Franziskas angebissenen Stücken zermanscht, die Küche hat schlimm ausgesehen, alles stand noch rum, und im Keller hat es so eklig gerochen wie noch nie. Lotta lag auf ihrer Matratze und hat gewimmert, das Oberteil von ihrem Schlafanzug war hochgerutscht, ihr Bauch war rot und irgendwie aufgebläht, ich mochte gar nicht hingucken. Aber dann hab ich gesehen, daß ihre Haut nicht nur rot ist, sondern ganz anders aussieht als sonst, am ganzen Körper, ich hab mich zusammengenommen und nachgeguckt, wie Ausschlag hat es ausgesehen, aber auch naß, als wenn Wasser aus ihr rauskommt.

Ich bin in den Garten gelaufen zu Carl und hab es ihm erzählt, er hat mich ganz komisch angesehen. Warum überlegt er so lange, hab ich gedacht, er ist doch Krankenpfleger, er weiß, was man tun muß, bei den Läusen hat er es auch gewußt. Dann hat er gesagt: »Für Lotta ist deine Mutter zuständig, ich darf mich da nicht einmischen.« Er hat sich einfach umgedreht und ist mit den Lichterketten ins Gartenhäuschen gegangen.

Ela hat im Wohnzimmer vor dem Sofa gesessen, im Dunkeln auf dem Fußboden mit einer Sektflasche. Als ich das Licht angemacht hab, hat sie »laß das« gesagt, aber ich hab es angelassen, ich hab versucht, sie hochzuziehen. »Bitte, Ela, komm«, hab ich gesagt, »ich hab solche Angst, daß Lotta stirbt.«

Sie hat ganz rote Augen gehabt und »was?« gefragt, als hätt sie mich nicht verstanden. Da hab ich plötzlich begriffen, daß ich die einzige bin, die zu Lotta runtergeht, immer und immer wieder, ich hab angefangen zu heulen.

Ela hat es noch nie leiden können, wenn ich weine, sie hat mich an den Haaren gezogen und gesagt, was ich eigentlich will, sie und Carl reißen sich sämtliche Beine aus für mich und meinen Geburtstag, sie haben jede Menge Geld ausgegeben und sich zu Tode geschuftet. »Ist das jetzt der Dank?« hat sie geschrien, »alles tun wir für dich, alles,

alles, und du flennst hier rum. Verschwinde, los, hau ab. Ich will dich nicht mehr sehen.«

Ich bin nicht mehr in den Keller gegangen, ich bin zu feige gewesen. Ich hab an meinem Fenster gestanden und in den Garten geguckt, die Fackeln haben immer noch gebrannt, ich hab gesehen, wie der Vollmond über die Bäume gestiegen ist und wie Carl das Motorrad aus der Garage geschoben hat und weggefahren ist, mit seiner alten Jacke, aber ohne Helm. Ich hab an den Ballon gedacht und an das Klavier und an *Pepper* und Kasimir. Und mir ist eingefallen, was Tante Bella mal gesagt hat, als ich Mathe nicht verstanden hab: »Jedes Problem läßt sich durch systematisches Denken lösen.« Und daß es das Wichtigste ist, das Problem erst einmal klar zu erkennen, das ist der erste Schritt zur Lösung, hat sie gesagt, ohne den geht gar nichts.

Es war nicht einfach, das Problem zu erkennen, ich mußte lange nachdenken. Es hatte nichts mit mir zu tun oder mit Ela oder Carl, es hatte nur mit Lotta zu tun und daß sie Hilfe braucht. Und daß sie die bei uns nicht kriegen kann, von Ela nicht und von Carl nicht und von mir auch nicht.

Dann mußte ich an der Lösung arbeiten, wie Tante Bella es genannt hat. Mir ist nur eine einzige Lösung eingefallen: Daß jemand geholt werden muß, der Lotta hilft. Und weil Ela das nie im Leben zulassen wird und Carl auch nicht, muß ich es tun.

Ich kann das nicht, hab ich gedacht, ich darf meine Eltern nicht verraten, sie sind die einzigen Menschen auf der Welt, die ich hab und die mich liebhaben für immer, auch wenn Ela manchmal nicht so ist, wie sie eigentlich sein will.

Ich hab gehört, wie sie die Treppe raufgekommen ist, ich hab mich schnell ins Bett gelegt, mit Kleidern, und die Decke über den Kopf gezogen, damit sie denkt, ich schlaf längst, aber sie ist nicht in mein Zimmer gekommen. Sie ist auch nicht ins Bad gegangen, gleich ins Schlafzimmer, die Tür hat geknallt, dann war alles still.

Ich wollte schlafen und am Morgen weiterdenken, aber das ging nicht. Ich hab gewußt, wenn Lotta stirbt, wird alles noch viel viel schlimmer, für Ela und für Carl und auch für mich, dann ist sie ein riesiger Tintenfleck, den man nie mehr wegmachen kann, tot ist tot. Es ist ein Verbrechen, wenn man was Schlimmes weiß und es nicht sagt, wir haben in der Schule mal darüber geredet, *Mitwisserschaft* heißt so was, hat Frau Zander gesagt. Wenn man nichts sagt, ist es genauso schlimm, als wenn man das Böse selbst verbrochen hat.

Ich darf nicht mehr feige sein, hab ich gedacht, ich muß ganz einfach jemanden finden, dem ich es sagen kann, vielleicht gibt es jemanden, und ich hab ihn nur übersehen, ich hab sogar an Frau Hundertmark gedacht. Und dann hab ich plötzlich gewußt, es muß jemand sein, der uns überhaupt nicht kennt. Jemand, der nichts mit Ela und Carl und mir zu tun hat, der sich nur um Lotta kümmert. Da ist mir die Polizei eingefallen.

Ich bin aufgestanden und hab mir eine Gliederung überlegt, wie beim Aufsatz, ich hab gedacht, ich muß erklären, warum alles so gekommen ist. Dabei ist mir mein Aufsatz über Julia und ihr Geheimnis eingefallen und daß ich nicht fertig geworden bin, weil alles so kompliziert ist.

Ich hab nur zwei Sätze geschrieben, daß sie schnell

kommen sollen und daß in unserem Keller ein Kind ist, das vielleicht stirbt. Und unsere Adresse. Das reicht, hab ich gedacht, mehr müssen sie nicht wissen. Ich hab nicht unterschrieben, das ist unhöflich, aber meinen Namen dazuschreiben konnte ich nicht, ich weiß nicht, wieso.

Ich bin nach unten geschlichen und hab aus dem Telefonbuch die Adresse von der Polizei rausgesucht, ich hab aus Elas Blechschachtel eine Briefmarke gestohlen, ich hab gewußt, wenn ich den Brief nicht auf der Stelle abschicke, tu ich es nie.

Niemand war auf der Straße, es war ganz hell vom Mond. Vor Naumanns Haus ist eine Katze aus dem Gebüsch gesprungen und über die Fahrbahn gelaufen, von links nach rechts, aber ich glaub nicht an so was. Das letzte Stück bin ich gerannt, und ich hab den Brief ganz schnell in den Kasten geworfen, ohne noch mal nachzudenken. Als er reingeplumpst ist, ist meine Angst irgendwie plötzlich weggewesen, ein komisches Gefühl, ganz leicht, obwohl ich gerade was Heimliches getan hatte.

Ich bin ganz langsam nach Haus gegangen und hab geguckt, ob ich die Katze wiedertreff. Ich fand es irgendwie schön, so ganz allein auf unserer Straße, keiner sieht mich und denkt irgendwas über mich. Ela und Carl haben mir so was nie erlaubt, ich muß immer zu Haus sein, bevor es dunkel ist.

Ich bin ums Haus in den Garten gegangen, zwei von den Fackeln haben immer noch gebrannt, das hat schön ausgesehen. Ich hab mich auf den Rand von Lottas Sandkiste gesetzt und alles angeguckt, die Büsche und das Gartenhäuschen und den Apfelbaum, und der Mond ist immer blasser und kleiner geworden, und irgendwann sind auch die Fackeln zu Ende gewesen. Dann hab ich das Motorrad gehört, erst wollte ich schnell ins Haus, aber dann hab ich gedacht, ich bleib einfach hier sitzen, obwohl ich gewußt hab, daß Carl immer hintenrum ins Haus geht, wenn er von der Garage kommt.

»Was machst du denn hier«, hat er gesagt.

Ich hab gesagt, ich kann nicht schlafen, aber ich konnte ihn nicht angucken dabei.

Da hat er gesagt, er kann mich verstehen, er hat überhaupt nicht geschimpft, und daß er selber auch den Kopf auslüften mußte, jetzt geht es ihm wieder besser. Und daß wir zum Glück ausschlafen können. Er hat mich in den Arm genommen, und fast hätt ich geheult, weil er so lieb war, fast hätt ich ihm von dem Brief erzählt. Aber dann funktioniert die Lösung nicht mehr, hab ich gedacht und den Mund gehalten. Ich hab mein Gesicht ganz fest an seine Lederjacke gedrückt und an ihr gerochen, und sie hat überhaupt nicht gestunken, wie Ela immer sagt, sie hat nach kalter Luft gerochen und ein bißchen nach Öl und nach Carl.

Ich bin mit ihm ins Haus gegangen, und er ist noch eine Weile an meinem Bett sitzen geblieben, am liebsten wär ich auf seinen Schoß gekrochen und hätte mich ganz klein gemacht, und er hätte mich gestreichelt und gesagt, alles wird gut, so wie früher, wenn mir der Bauch weh getan hat. Als er aus meinem Zimmer gegangen ist, hat er mir noch einen Luftkuß geschickt und gesagt: »Morgen ist ein neuer Tag, Lilly.«

Aber der nächste Tag war schrecklich. Ich mag Sonntage sowieso nicht so gern, aber dieser ist der schlimmste gewesen von allen. Ela hat von morgens bis abends geschlafen, nur einmal ist sie in die Küche gekommen und hat sich was zu trinken geholt, da hatte ich schon alles abgewaschen und wollte gerade die ganzen übriggebliebenen Häppchen in Folie wickeln, sie waren zusammengeschnurrt über Nacht und sahen unappetitlich aus. Ela hat ihr Gesicht verzogen und gesagt, ich soll den ganzen Krempel in den Müll schmeißen, das war alles.

Carl hat in der Garage an seiner Maschine rumgebastelt, und ich hab meine Hausaufgaben durchgesehen und meinen Rucksack gepackt und mein Zimmer aufgeräumt, dann hab ich nicht mehr gewußt, was ich tun soll. Ich wollte nicht mehr nachdenken müssen, ich wollte auch nicht an die Schule denken und was die anderen zu mir sagen am nächsten Tag, ich wollte nicht an den Brief denken und daß die Polizei zu uns kommt.

Ich hab immerzu daran gedacht. Ich hab mir vorgestellt, wie mitten in der Nacht die Autos kommen. Daß es an der Tür klingelt und fremde Stimmen im Haus sind und Schritte, daß die Tür zum Keller aufgeriegelt wird. Ich hab gedacht, dieser Sonntag geht nie vorbei, aber gleichzeitig hab ich Angst davor gehabt, daß er zu Ende ist. Die allermeiste Angst hab ich davor gehabt, in den Keller zu gehen. Ich hab es nicht getan.

Abends hat Carl mir ein Päckchen raufgebracht, das war schon am Samstag angekommen, rechtzeitig zu meinem Geburtstag, aber er hatte es vergessen. Von Janina, hab ich erst gedacht, aber dann war es von Tante Bella. Sie hat mir ihr altes Opernglas geschickt, in einem grünen Lederetui, ich hab überhaupt nicht gewußt, daß sie so was besitzt. Sie hat geschrieben, sie wohnt jetzt im Seniorenheim in Simmern, sie ist den ganzen Winter über krank gewesen und kann nicht mehr allein in dem großen Haus sein, sie hat es verkauft. Sie wünscht mir alles Schöne und Gute zu meinem Geburtstag, sie denkt oft an mich und findet es schade, daß sie nie was von uns hört. Und ob ich ihr vielleicht mal schreiben will, ins Seniorenheim.

Der Brief hat mich noch viel trauriger gemacht, ich wollte mir nicht vorstellen, daß sie nicht mehr in ihrem Haus wohnt und morgens durchs nasse Gras geht. Früher hab ich manchmal gedacht, wenn wir alle schon tot sind, sitzt Tante Bella immer noch an ihrem Klavier und schnauft und spielt ganz laut und tritt auf das Pedal, und Kasimir sitzt auf ihrem Schoß. Und jetzt ist sie plötzlich krank und ganz woanders, nie wieder kann ich in ihrem Garten mit ihr Johannisbeeren pflücken und über wichtige Sachen reden. Und vielleicht hat der Nachbarjunge Kasimir erschossen, mit dem Luftgewehr, weil er nicht mit ins Seniorenheim darf.

Ich hab das Opernglas aus dem Etui genommen und vor meine Augen gehalten und aus meinem Fenster geguckt, da hab ich drüben Herrn Muus gesehen und seinen Freund, sie sind ganz klein gewesen, als wären sie viele Kilometer weit weg. Herr Muus hat eine winzige Gießkanne in der Hand gehabt und die Kräuterschnecke begossen, die war nicht größer als mein Fingernagel. Überhaupt war alles total zusammengeschrumpft, unser Gartenhäuschen nur noch eine Hundehütte, genau richtig für *Pepper.* Und Carl ist über den Rasen gegangen und hat zu mir raufgeguckt und mir zugewinkt, er ist nur ein Zwerg gewesen.

34

Sie haben aufgehört zu flüstern. Dieser Bräutigam kommt zu mir rüber und legt seine Hand auf meine Schulter. »Komm, Lilly«, sagt er, »du bist bestimmt müde und hungrig. Laß uns gehen.«

Ich muß tun, was er sagt. Ich steh auf und zieh meine Jacke an, meine Zunge schmeckt schlecht, ich hätt gern ein Pfefferminz oder so was. »Wohin gehen wir«, sag ich und wünsch mir, er sagt: »Zu deinen Eltern.« Aber ich weiß, das sagt er bestimmt nicht.

Er reicht mir meinen Rucksack und sagt: »Wir bringen dich erst mal in einer Familie unter, dann sehen wir weiter.«

Ich versteh ihn nicht. In was für einer Familie.

»Sehr nette Leute«, sagt er und hält mir die Tür auf. »Du wirst sehen. Sie haben schon ein Pflegekind.«

Es dauert einen Moment, bis ich das richtig begreif. *Schon eins.* Ich bin dann das zweite. Ich bin jetzt ein Pflegekind. Ich bin Lotta.

Martina Borger &
Maria Elisabeth Straub
Katzenzungen
Roman

Was als heiterer Ausflug beginnt, entpuppt sich für die langjährigen Freundinnen Dodo, Nora und Claire als Reise in eine Vergangenheit, die alles andere als unbelastet war. *Katzenzungen* erzählt aus jeweils wechselnder Perspektive von einer Freundschaft, so komplex und tragikomisch wie das Leben selbst.

»Martina Borger und Maria Elisabeth Straub erzählen lebensnah und böse von drei Freundinnen, deren Lebenslügen auf einer gemeinsamen Städtereise platzen. Amüsieren kann man sich bei der Lektüre von *Katzenzungen* – bis einem das sprichwörtliche Lächeln auf den Lippen gefriert. Borger und Straub wissen, wie man die Leser süchtig macht.«
Christine Lötscher / Tages-Anzeiger, Zürich

»Herrlich verworren, voller Emotionen und Geheimnisse. *Katzenzungen* fasziniert und schockiert, weil die Autorinnen einen schneidend genauen Blick wagen auf die vielleicht schwierigste Form der Zwischenmenschlichkeit: die Freundschaft.«
Brigitte, Hamburg

»Ein vielstimmiger Text aus einem Guß. Spannung ist in Borger & Straubs Prosa oberstes Gebot.«
Fiona Ehlers / KulturSpiegel, Hamburg

Doris Dörrie im Diogenes Verlag

Liebe, Schmerz und das ganze verdammte Zeug

Geschichten

Vier großartige, liebevolle, traurige, grausame Geschichten: *Mitten ins Herz, Männer, Geld, Paradies.* Geschichten von befreiender Frische.

»Doris Dörrie ist eine beneidenswert phantasiebegabte Autorin, die mit ihrer unprätentiösen, aber sehr plastischen Erzählweise den Leser sofort in den Bann ihrer Geschichten schlägt, die alle so zauberhaft zwischen Alltag und Surrealismus oszillieren. Ironische Märchen der 80er Jahre – Kino im Kopf.«
Der Kurier, Wien

»Ihre Filme entstehen aus ihren Geschichten.«
Village Voice, New York

»Was wollen Sie von mir?«

Erzählungen

»Es ist vollkommen gleichgültig, ob Sie Doris Dörrie in der Badewanne, im Intercity-Großraumwagen, im Lehnstuhl oder in der Straßenbahn lesen, nur: Lesen Sie sie! Lassen Sie sich nicht irre machen von naserümpfenden Kritikern, diese sechzehn Short-Stories gehören durchweg in die Oberklasse dieser in Deutschland stets stiefmütterlich behandelten Gattung.«
Deutschlandfunk, Köln

»Vor allem freut man sich, daß Doris Dörrie den eitlen Selbstbespiegelungen der neuen deutschen Weinerlichkeit eine frische, starke und sensible Prosa entgegenstellt.« *Kölnische Rundschau*

Der Mann meiner Träume

Erzählung

Doris Dörrie erzählt die Geschichte von Antonia, die den Mann ihrer Träume tatsächlich trifft. Sie erzählt eine moderne Liebesgeschichte, eine heutige Geschichte, deren Thema so alt ist wie die Weltliteratur, eine Geschichte von der Liebe.

»Ein erzählerisches Naturtalent mit einem beneidenswerten Vermögen, unkompliziert und gekonnt zu erzählen. Der Leser beendet die Lektüre mit höchst bewußtem Bedauern darüber, daß er diese kurzweilige, unprätentiöse Erzählung schon hinter sich hat.«
Frankfurter Allgemeine Zeitung

Für immer und ewig

Eine Art Reigen

Ein überschaubarer Kreis von Personen, darunter auch das Model Antonia, im ewigen Karussell des Lebens: Man begegnet sich, verliert sich wieder aus den Augen, liebt und leidet.

»Die Dörrie ist in diesem Buch auf der Höhe ihrer Männer- und Frauencharakterstudien. Ein Buch zum Lachen und zum Weinen. Zum genießerischen Wehmütigsein und zum sinnigen Nachdenken.«
Die Welt, Bonn

Love in Germany

Deutsche Paare im Gespräch
mit Doris Dörrie

»Doris Dörrie hat die *Love in Germany* erkundet – in 13 anrührenden und saukomischen Interviews mit deutschen Paaren zwischen Mittelmaß und Beziehungswahn. Ganz normale Leute, aber alle sind mit ihren Ramponiertheiten und unverwüstlichen Liebesträumen Persönlichkeiten. Aufschlußreicher als jede Statistik.« *Stern, Hamburg*

Bin ich schön?

Erzählungen

Mit liebevoll-kritischem Blick nimmt Doris Dörrie die aufgeklärte, alternative Intellektuellenszene aufs Korn. Siebzehn tragisch-komische Geschichten, die nachdenklich stimmen, weil sie so hemmungslos ehrlich sind.

»Doris Dörrie ist eine ausgezeichnete Kurzgeschichten-Schreiberin mit der erforderlichen Prise Selbstironie und mit stilistischer Eleganz.«
Annemarie Stoltenberg/Die Zeit, Hamburg

Samsara

Erzählungen

Sie befragen das I Ging, versuchen es mit dem Buddhismus, lassen ihre Wohnungen auf gute oder böse Chi'is untersuchen, suchen ihr Glück bei Sushi-Dinners oder in Hollywood. Die Generation der heute Mittvierziger, die angetreten war, in Liebe, Familie und Beruf alles so viel toleranter, cooler, besser zu machen als ihre Eltern, sieht sich heute vor Fragen stehen, die sich nicht einfach mit einem lockeren ›think positive‹ lösen lassen.
Fünfzehn Geschichten über Gestern und Heute, die gar nicht so weit auseinanderliegen, wie wir oft glauben.

Was machen wir jetzt?

Roman

Fred Kaufmann ist beruflich erfolgreich, hat endlich genug Geld – bloß glücklich ist er nicht. Er fürchtet, seine Familie zu verlieren. Seine Frau und er befinden sich seit einiger Zeit in einer Ehekrise, die Claudia mit der Hinwendung zum Buddhismus zu heilen sucht – während er es mit einem Seitensprung versucht. Die siebzehnjährige Tochter Franka hat sich in einen tibetischen Lama verliebt und möchte mit ihm nach In-

dien auswandern. Als moderne Eltern vertrauen sie – aus eigener Erfahrung – mehr der desillusionierenden Wirkung des Alltags als Verboten.
Fred macht sich mit den schlimmsten Gefühlen auf diese gemeinsame Reise mit Franka. Doch die Fahrt und der Aufenthalt im Kloster bringen Vater und Tochter näher zusammen als je zuvor. Für Fred wird diese Reise, die er so widerwillig angetreten hat, vor allem eine Reise zu sich selbst.

Happy

Ein Drama

Drei befreundete Paare treffen sich am Samstagabend. Alles scheint wie immer – und ist es doch nicht: Emilia und Felix sind seit kurzem getrennt, worunter beide psychisch und finanziell leiden; Charlotte und Dylan sind im letzten Jahr durch Dylans geschickte Spekulation an der Börse reich geworden, ihre Paarbeziehung wird jedoch trotz wachsendem Luxus immer armseliger; einzig Annette und Boris sind nach wie vor glücklich verliebt, wünschen sich zwar ein bißchen mehr Geld, um ihre Ikea-Wohnung aufzupeppen, kommen aber auch ohne gut klar.
Die sechs treffen sich zum Abendessen im schicken Apartment von Charlotte und Dylan. Doch die Fröhlichkeit, die solche Treffen in früheren Zeiten bei einer Pizza in der Kneipe um die Ecke hatten, will sich nicht mehr so recht einstellen. Da erzählt Emilia, sie habe neulich gelesen, daß selbst Paare, die über zwanzig Jahre zusammenlebten, auf Fotos nicht mal die Hände des anderen identifizieren konnten. Sie wette, daß die meisten Männer mit geschlossenen Augen nicht einmal ihre eigene Frau erkennen würden. Die anderen sind empört, sie sind sicher, daß sie ihre Partner jederzeit erkennen würden. Felix gießt Öl ins Feuer: Wenn alle so sicher seien, dann könne man ja eine Wette wagen … Ein Experiment mit Folgen beginnt.